JN125592

黄昏のために

北方謙三
Kenzo Kitakata

文藝春秋

目次

絵画　村上肥出夫
「ふらんす人形」一九七〇
撮影　深野未季
装丁　大久保明子

声

1

人形だった。

生きているように見えても、生きてはいない。人形なのだ。

私は、無機というものを、描こうとしていた。命のないもの。そこに死を重ね合わせているのとは少し違うが、言葉を集めて理解し、認識する習慣が、私にはなかった。無機というのも、正しい言葉かどうかは、実はわかってはいない。私は、キャンバスの上で、世界を創るのが仕事だった。言葉は、夾雑物（きょうざつぶつ）ですらないのだ。

モチーフにした人形は、椅子に置いてある。キャンバスの中の人形と同じ姿だが、こちらは無機である。キャンバスの中に私が描き出した人形は、生きている。話しかけてきそうであり、笑いそうであり、歩きはじめるのではないかと思う時もある。

絵について、理屈をこねる画家ではなかった。そこそこの技術があり、それで生き延びてきたようなものだ。正確無比なデッサンではなく、いくらかディフォルメされてはいるが、それが本質を剝き出しにするのだ、と評されてきた。

見えたと思うまで、木炭を動かさない。それだけのことだ。絵具を遣いはじめると、ひたすら色にこだわっているような気がする。

アトリエを出て、私は洗面所に行った。手を洗う。一定時間アトリエにいると、そうするのが習慣になっていた。多分、指さきの絵具の汚れが気になって、執拗に洗ったのだ。爪に絵具が溜っているのも、我慢ならなかった。ブラシまで置いてあり、それは数年おきに新しいものに買い替えている。

居間のソファに腰を降ろし、私はしばらくぼんやりしていた。それから腰をあげ、庭に出て鉢植の薔薇の株から、一本切って一輪挿しにした。薔薇が、薔薇に見える瞬間がある。そういう時、私は薔薇を切るのだ。

チャイムが鳴った。

「時計みたいなやつに、絵がわかるのか」

声に出して呟き、私は玄関に出た。

画廊の主人である。いつも、時間ぴったりだった。門の前で、時計を見ながら立っているのではないか、と思いたくなるほどだ。

「二点、三点？」

「一応、三点だよ」

「ほう、一応ね。拝見」

勝手に、アトリエに上っていく。ふた月に一度、吉野雄一(よしのゆういち)に絵を渡す約束になっていた。

私は、薔薇に眼をやった。花弁の先が丸まっていて、それが媚(こび)を売る女のように見える。次には、別のように見えるはずだ。いつもそうだった。

私は、コーヒーメーカーで、いくらか濃いコーヒーを淹(い)れた。マグカップを持ち、窓の外に眼をやった。庭は狭く、垣根のむこう側は隣家の壁である。

「さっき、一応と言ったね」

吉野は降りてくると、受け皿ごとコーヒーを持って、私のそばに立った。

「あの人形の絵、いいね。色遣いもそうだが、絵に意志のようなものが感じられるのが、私は好きだ。人形が、生きているよ」

「一応と言ったのは、あれを売るかどうか迷っていたからさ」

「おい、勘弁してくれよ。三点の中でどれと言われりゃ、あれだよ。一応と言われたんで、いやな気はしていたんだが」

「生きている、か」

「そうとしか、表現のしようがない。観る角度によって、表情も変る」

「いいさ、持っていけよ」

「おっ、気が変らないうちに、いただきますよ」

玄関に行き、しばらくして若い男を連れてきた。大型のステーションワゴンをその男が運転していて、後部座席を倒せば、かなりの大きさの絵まで積める。

一枚ずつ、絵が運び出されていく。

「あの人形は、当分は売らんよ。しばらく、見せびらかせておく」

この男とのつき合いは、二十年ほどになる。私より三つ年長で、もう還暦だというのが、最近の口癖だった。外見は、ずっと若い。

「振込は明後日になるよ。三点とは思っていなかったんでね」

人形の絵は、やはり余分だったのだろうか。命のないものを、なぜ命がないように描けないのか。

「たまには、めしでもどうだね。私なんかと食事など願い下げだ、と思っているのはわかっているが」

「なのに、なぜだね？」

「これから四、五年で、先生が化けるような気がするんだ。あの人形の絵なんか、誰でも描けるってもんじゃない。あそこまで生きているようにはね」

「よしてくれ。やはり、あの絵は売るべきではないかな」

「もう、私が買ってしまったよ」

「そうだな。吉野さんが買い、そして見知らぬ誰かに売る。その人も、生きていると思って、買うのかな」

「絵を買う人は、さまざまでね。俺が関心があるのは、買うだけの経済力があるか、ということだけだな」

「あまり、俺の夢を毀(こわ)すなよ」

「そうか、買う人間について、関心を持っていたのか。私は、はじめて知った」

「人間にじゃなく、どういう理由で買うのかに、ちょっと関心がある」

「理由か。訊けば、いくらでも理由は言ってくれるだろうさ。しかし、それはすべてのことじゃない。私は考えないね、理由など。絵に、理由がないのと同じだ」

「そうだな」

画廊の主人は、冷えたコーヒーをひと息で飲むと、帰っていった。

私はソファに戻り、コーヒーをもう一杯飲むかどうか、ちょっと考えた。結局、やめにして、汚れたカップを流し台に運んだ。洗うのは、家事代行を仕事にしている女性がやる。そういう職業があるおかげで、私は二日おきに新しいシーツで眠ることができるし、食器の山に煩(わずら)わされることもない。

庭へ出た。物置から噴霧器を出し、薬剤を調合してさらに水で薄めた。

薔薇には、虫がつく。それより多く、葉が風邪をひく。それは伝染(うつ)るので、注意が必要だった。葉の点検は一応してあり、いまのところ白い粉のようなものが、葉の裏側に付着していることはなかった。薄い薬剤を噴霧するのは、予防のためである。土に植えないで、鉢で育てているのは、土には風邪の菌がよく潜むからだ。

念のために、私は二、三枚、葉の裏側を見た。眼を近づけると、繊毛が見える。さらに近づけると、それもぼやけてくる。点検に老眼鏡が必要になるのは、そう遠い時ではないだろう。株ごとに、緑が少しずつ違う。それは濃淡ではなく、緑の質が違うのだ、という気がする。人の顔が違うようにだ。

私はポケットからマスクを出してかけ、噴霧をはじめた。

2

マフラーが必要だろう。ジャケットの下はシャツで、その下は肌である。セーターを着るか、マフラーか。それほど迷わず、私はマフラーを巻き、居間に降りた。こだわるのは色の取り合わせだけで、紺のジャケットにオレンジのマフラーである。

「お出かけですか？」

家事代行業の女性が、キッチンから声をかけてくる。三人ぐらいが交替で、私の家を担当しているようだ。彼女たちが立入れないのは、二階のアトリエだけである。

「書斎の窓硝子、居間の床の隅に、綿埃（わたぼこり）のようなもの。それから玄関の床のワックス、外のゴミ」

私が言ったことを、女性はエプロンのポケットから出したメモ帳に書きとっていく。口ひとつで、私は清潔な環境を手に入れていた。ベッドメイクは勿論、風呂やトイレの清掃もほぼ完璧である。

「帰りは、遅くなるので」

「アンケートの用紙は、玄関の靴箱の上に置いておきます」

問題があれば、アンケートに答えるかたちで指摘する。そういう意味で、女性たちも束縛されているのだろうが、私など楽な客のはずだ。問題なしというところに、印をつけることしかしない。

私はアトリエへ入り、半透明のビニール袋を持った。玄関の外の掃除にかかっていた女性が、ビニール袋の中身に眼をくれ、おや、という表情をする。しかし、なにも言いはしなかった。
駅まで、歩いて五、六分というところである。私の家のゴミ収集所は、百メートルほどのところにあり、私はそこにビニール袋を捨てた。

「行かないでよ」

五、六歩行ったところで、声が聞(きこ)えた。そのまま歩き続けるかどうか、私は一瞬迷い、それから足を止めた。過去から聞えた声だというのは、わかっていた。特徴的な掠(かす)れ声で、その持主もすぐに思い浮かべることができる。数年前、私は去ろうとしてそんな声をかけられた。その時、私は立ち止まりもしなかった。

「なにか言ったのか？」

私は声に出して言い、五、六歩ひき返して、ゴミ収集所に捨てたビニール袋を覗きこんだ。人形がいるだけである。どこにも命を感じさせない人形は、ただの物として袋の中に収まっている。

自分がなぜひき返したのか、私はしばし考えた。多分、別れた女の声に重ね合わせて、私は自分の声を聞いたのだ。

私はまた、駅にむかって歩きはじめた。もう声は聞えない。さっき聞えたのかどうかも、曖昧になってきた。

電車に乗ると、私はドアのそばに立ち、飛び去っていく外の景色を眺めた。車内はそれほど混んでいなくて、座ろうと思えば席はあった。ドアのそばに立つのも、私の習慣のようなものだ。

目的の駅に、十分ほどで着く。駅から少し歩くだけで、繁華な場所になる。食事もできる居酒屋という風情の店で、私は人と会う約束をしていた。

相手は、まだ来ていなかった。私はカウンターに腰を降ろし、瓶ビールを頼んで、ちびちびと飲みはじめた。

客はまだ少なく、過剰なほどに壁に並んで張り出されたお品書きの短冊が、妙な無力感を漂わせている。

カウンターの中で、伝票を眺めている板前に、私は言った。

「今日は、どんな魚がいいんだい？」

「そりゃ、秋刀魚ですよ」

板前が、笑う。私は、秋刀魚を一尾食おうと思った。その前に、刺身を二品ぐらいと、野菜の炊き合わせ。そんなもので、夕食は充分だろう。

「相変らず、時間より早いな。自由業ってのが、羨(うらやま)しくなってくる」

村澤(むらさわ)がやってきて、そばに腰を降ろした。三月に一度ぐらい、食事をする相手である。私とは無縁の仕事をしているが、趣味で油絵をやっていて、私と話したがる。

個展や美術団体の展覧会で、私の絵はかなり観ているが、私はこの友人の絵を観たことはなかった。

すぐ、酒になった。註文はまとめてしてしまって、その順番も伝えたので、あとは出されたものに、ただ箸をのばせばいい。

「技術が足りないと、また言われた。俺は変らず、絵は技術ではない、という考えだが」

同好会の話である。絵は独りで描くものだ、という認識をした方がいいと私は言わなかった。そういう認識をすれば、絵をやめてしまいそうである。

絵を中心にしているが、話題はさまざまに飛び、やがてある画家の絵を飾っている、酒場の話になった。

「観に行ってみないか?」

私は曖昧に頷いた。酒場の壁の飾りになっている絵を、それほど観たいとは思わない。私が知っているかぎり、名画の複製か、無名画家のつまらない絵ばかりである。女がいる店の方がいい、と私は言った。

「そこは、若い娘が三人いる。ママを除いてだ」

結局、その店に行くことになり、食事を終えると、タクシーを呼んで乗りこんだ。

夜景が、後方に飛んでいく。私はそれに、眼をやっていた。街の風景そのものに、興味を持ったことは、ほとんどなかった。私は静物画を描くことが多く、風景画はほとんど描かないのだ。樹木を描いても、どこか具象めいてくる。

写実的に風景を描くのはたやすいことだが、それは私にはあまり意味はなかった。

若い連中が集まっている地域を、車は通り抜けた。いくつかネオンが出たビルの前で停(と)まり、友人と私は降りて、一階のドアにむかった。店の名など、まともに見はしなかった。低いBGMがかかっているが、カラオケなどをやる店ではなかった。

「あれさ」

耳打ちされ壁を見ると、そこだけライティングされ、人形の絵がかけられていた。それは私に、大した衝撃を与えはしなかった。キャンバスの中で人形は生きていたが、生命感を出すために、散々苦労したあとが、透けて見えた。

「人形が、ちょっと生きているって感じはしないか」

「声など聞いてしまうからだ」

私は呟いた。友人が怪訝(けげん)な表情で私を覗きこんだ。

「人形の声まで、俺は聞いてしまった。林檎を描く時、林檎の声など聞いていないのにな」

「人形の声が、聞えるのか、おまえ。この絵の人形が、喋っているのか？」

「この絵は、これでいい。俺はあまり関心を持たないが。もともと、人を模したものが、人形だ」

「だから」

「いい加減だと、声を聞いてしまう」

友人は、もう一度、私を覗きこみ、息を吐いて、なにか言いたげだった。

酔ったのか、とは言わなかった。

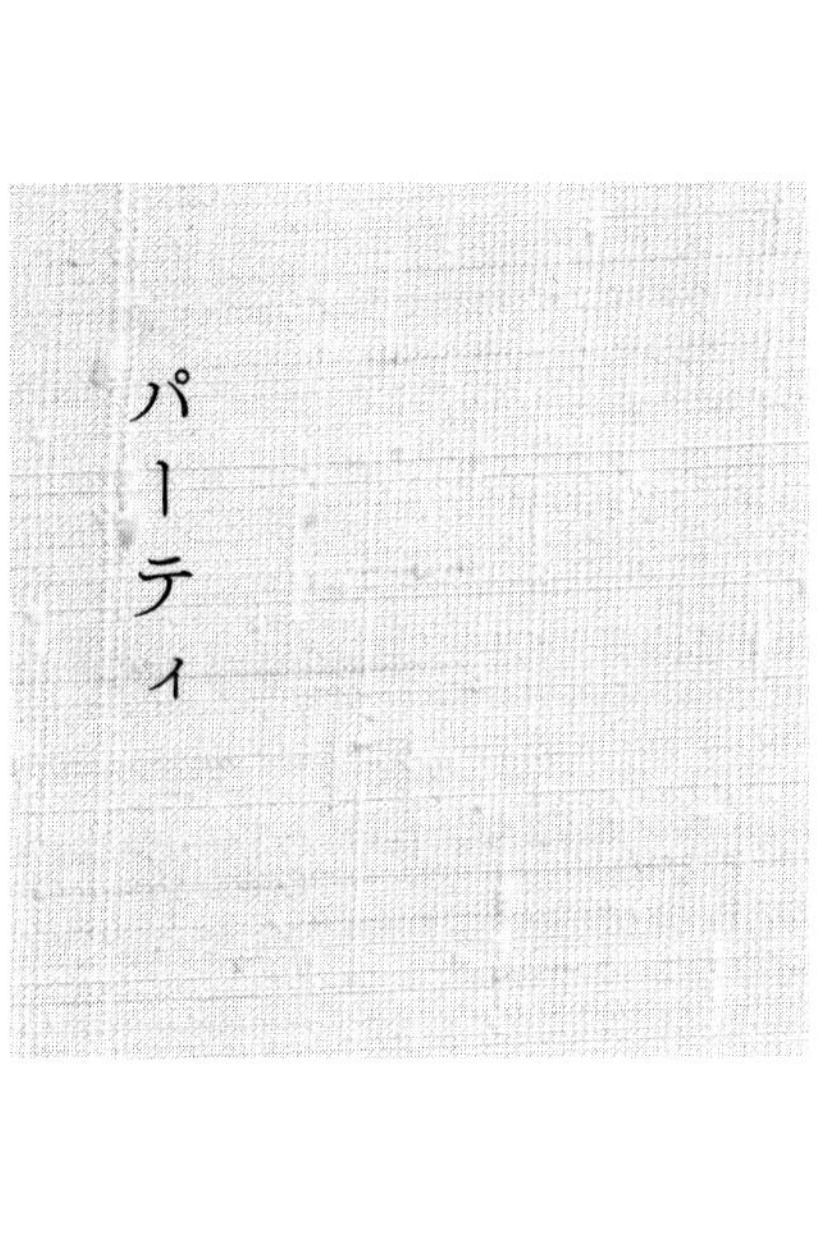
パーティ

1

黒いストッキングの女。

足首が締まり、アキレス腱が際立っている。それに惹かれたのは一瞬で、すぐに鼻白んだ。膝から下が、短い。つまり躰(からだ)全体のバランスを考えると、脚が短いということだ。

関心を失い、私は女を追い越した。

それほど繁華な通りではないが、店はところどころにあり、それなりの明りもある。ただ、ビルの二階より上には、店はまったくないようだ。

この通りには、年に数度は来る。知人が和食屋をやっていて、食事をする店に困った時など、この通りの名が浮かぶのだ。むかっているレストランは、場所は知っているが、入るのははじめてだった。

店が見えてきた。舗道で立ち話をしている、数人の人影もある。

エントランスの外に、会費徴収のテーブルが置かれていた。そこで金を払い、コートを脱いだ。臨時のクロークが作ってあり、手製の札を受け取った。

すでに、二、三十名はいるようだ。結婚パーティである。結婚するのは、玉置(たまき)という私の二十年来の友人で、二度目だった。相手の女性の名前は、案内状に書いてあったのだろうが、憶えていない。

注がれたシャンパンがワゴンに並んでいたので、私はひとつ取り、壁際の椅子に腰を降ろした。椅子は六脚あり、座れる場所はここだけである。

低く流れていたシャンソンが、ロックンロールに変った。シャンソンは、玉置の趣味である。相手は、意外に若い女なのかもしれない。客の中にも、着飾った女の姿がいくつか見えた。

シャンパンを飲み干したころ、店内は五十人ほどになり、照明が落ちた。すぐにウェディングマーチが流れてくる。

奥から出てきた新郎新婦にスポットライトが当たったので、私は腰をあげ、空のシャンパングラスをワゴンに置いた。新しいものはなかった。

二人は長い蠟燭(ろうそく)を持っていて、いくつかのテーブルに立てられた蠟燭に灯を移していく。そのたびに、拍手が起きた。

新婦は、二十代かどうか微妙なところだった。小肥(こぶと)りで、背が低い。それが若く見せることは、あるのかもしれない。玉置は、五十代の真中である。

「どうぞ」

シャンパンを差し出した女に、見憶えがあった。顔は知らない。さっき追い越した女だが、顔は見なかった。脚が短いという欠点はあるが、履いている靴は変ったものだった。黒いが、底が鮮やかな赤で、動脈から流れ出た血が、床を這っているような気がする。

私は礼を言ってシャンパンを受け取り、女の全身に素速く視線を走らせた。かなりの数がいる女性の客より、年齢がひと回り上のような気がする。黒でまとめた服に、あしらっているのは赤いアクセサリーだった。センスは悪くない。顔も、美人の部類に入り、指に結婚指輪はなかった。

玉置のビジネスパートナーだという老人が、短い挨拶をし、それから乾杯と大声を出した。私は、眼の前の女と、軽くグラスを触れ合わせた。

「よくやるわ、彼。あんなに若いお嫁さんを貰って」

「そうか、やつの友人か」

「もともとは、別れた奥さんの友人なんです。仕事の関係で、彼との方が長くなってしまったけど。彼の結婚式に出るの、二度目だわ。これは式とは言わず、ただのパーティなのかもしれないけど」

「私が知り合った時、やつはすでに所帯持ちだった。男の子が、二人いてね」

「その息子、二人目の方だけど、あたしの会社にいるの。父親に似て、なかなか優秀な子よ。ただ、女で一度、しくじっているけど」

「やつは、何度、女でしくじったかな。そういう星だ、と私は思っているがね」

私の名が呼ばれ、簡単な履歴が紹介された。スピーチは、あらかじめ頼まれていた。私はグラスを持ったまま、司会をしている青年のそばに行き、結婚式のスピーチと決めている話に、かなりのアレンジを加えて喋った。まばらな笑い声が起き、終った時はそこそこの拍手があった。

自然に、私は女のそばに戻っていた。

「素晴しいわ」

女が言う。私はシャンパンのグラスを、ウイスキーの水割りに替えた。

「君は、スピーチは？」

「前の奥さんとのことを、いろいろ言われるだろうと、彼は警戒しているわ」

「なるほどね。俺が言ってやればよかったのかな」

「男の人の話は、生々しくならないわ。女って、こんな時に心得のない話をする、と彼は思っているわね」

「君は、心得は？」

「ないわ」

思わず、声をあげて私は笑った。背後を、料理を載せたワゴンが通り、女は数歩、横に動いた。靴底の赤い色がちらちらと動いて見えて、やはり床に血が流れているような気がする。底だけが赤く、あとは黒いエナメルという靴を、私はどこかで見たような気がしたが、思い出せなかった。

シャンパンを注ぎに来たので、私は水割りを置き、女とグラスを並べて差し出した。

「なにか、召しあがります？」

「いや。皿を持って食うのが苦手でね。会がはねてから、近くの和食屋に行こうと思っているよ」

「あら」

誘ってもいいという、微妙な雰囲気を、女が出したような気がした。しかし私は、笑みを返すだけにした。女の方から言い出せば、連れていってやってもいい、という気分だった。

玉置が、笑顔で近づいてきた。

「こうして見ると、いいカップルじゃないか。独身同士だし」

グラスを触れ合わせながら、言う。パーティの主役であることに、いくらか照れているようだ。二人ばかりの挨拶が終り、会場はざわついていた。新郎新婦が、会場を回る時なのだろう。新婦は、若い女の客に取り囲まれ、時々嬌声もあがっている。

玉置と女が、仕事に関りがあるような話をした。私は、またシャンパンを注いで貰った。三人でいるところにカメラをむけられたが、玉置が声をあげて新婦を呼んだ。

四人で写真を撮る、という恰好になった。女と私は、それこそカップルのような映り方だろう。

「二次会、いらっしゃいません？」

新婦が言う。

「若い人が集まるクラブだろう。遠慮しておくよ。こいつは、そこで踊ったりするのかい？」

「結構、上手」

「初耳だよ」

女は、ただ笑っていた。新婦の手が、玉置の腕にのびた。新婦がステップを踏むと、玉置はそれに合わせて、器用に足を動かした。低く流れている、ロックの曲に合わせたようだ。

女が、声をあげて笑う。今後よろしく、と玉置は頭を下げた。新婦は、違う方向を見ていた。

「あいつが、踊りとはね」

二人が離れていくと、私は言った。

「その上、さまになっていそうですわ」

「君は踊りは？」

「あんなのでなくても、まったく駄目なの。そういう人生とは、無縁だった気がします」

「俺もそうだが、社交ダンスのようなものなら、いまからでも遅くないだろう」

「二人で通いますか、教室に？」

「それはちょっと照れ臭いな」

「無縁でいい、とは思っていないんですがね。機会がありませんでしたわ」

「照れ臭くはあるが」

私は、女の顔を見て言った。

「教室に行こうという気があったら、連絡をくれないかな。同級生になりたい」

名刺を渡した。女はそれにちょっと眼をやり、セカンドバッグのサイドポケットに入れると、笑顔を残して離れていった。知っている人間を見つけたのだろう。

「おや、いまの女性は、お連れではなかったんですね」

玉置と共通の知人がいて、私のそばに立ち、言った。眼は女の後ろ姿を追っている。

「雰囲気のある女性だな」

蹠（あしうら）から、血を流しているような女だ、と私は言いかけてやめた。

2

日本酒を飲みながら、私は料理が出てくるのを待っていた。パーティが終ってから来たので、すでにカウンターに客はいなかった。ラストオーダーまでは、いくらか時がある。

「お造りは、なんにしましょうか？」

先付けを出して、店主が言う。

足から血を流している女、と私は言いそうになった。シャンパンだけで、いくらか酔っているようだ。

「赤色。白身で」

私のこんな言い方に、店主は慣れている。どうせ鯛などが出てくるのだ。皮を引くと、あれは赤と白の縞（しま）だった。

「結婚式のめしが嫌いったって」

「立って、皿を持って食うのが、嫌いなんだよ。あれは、食事とは言えないような気がする」

「まあ、若い人には、それがいいんでしょう。それに、会費を高くしないで済む」

私は先付けに箸をのばした。胃は空っぽで、酒もなかなか入らない。白木のカウンターに、ぼんやりと眼を落とした。

客が入ってきた。私は一瞬、身構えるような気持になった。入ってきたのは、蹠から血を流した女だ。

店主は普通に応対し、私から離れた席を手で示した。

「そば、いいかしら？」

言った時、女はもう腰を降ろしていた。店主と言葉を交わしている。

「なんだ、同じパーティだったんですか」

女も、この店にはよく来るようだ。出会(でくわ)さなかったのは、私がふた月に一度ぐらいしか来ないからだろう。

「この辺で、和食屋さんって、ここだけですものね」

私が和食屋へ行くと言った時、女は、あら、と声をあげた。自分も同じところを予約している、という意味だったのだろう。

「若い人が多くて、賑やかなパーティでしたわね」

「賑やかと言うより、騒々しかった。ロックがずっとかかっていたのは、嫁さんの方が優位に立ってるってことだな」

女が、口に手を当てて笑った。店主が差し出した猪口を女が受け取ったので、私は徳利から酒を注いだ。

「ここで俺とめしを食うことになる、と君は知っていたのだよな」

「誘って貰える、と思っていたのに」

「誘いあぐねたんだよ」

私は、女の足もとに眼をやった。底が赤い靴があるだけだった。

「踊りのこと、本気だったんですか？」

「あの時はね」

「あたしが電話したとしたら？」

「ダンスの教室に通う度胸なんて、やっぱり出なかったのかもしれない」

「度胸、なんですか」

「君の魅力に負けて、のこのこ出ていくかもしれんし、まあ、成行次第だろう」

「ここで食事をするのも、成行なのかしら？」

「俺にとっては、歓迎すべきことだがね」

出された炊き合わせに、私は箸をつけた。胃は、いくらか落ち着いてきているようだ。

女が、猪口を口に運ぶ。いくらか褪せた唇を、私はちらりと見た。四十代後半ぐらいだろうか。化粧も、あまり濃くはない。

酒がなくなったので、私は女に好きな銘柄を訊いた。女が言った銘柄を、店主は常温で出し、猪口も硝子のものに替えた。

女が、私の猪口に注ぐ。私は、女の指を見ていた。いくらか骨張った指だ、と私は思った。服の上からでも、体型に年齢が出はじめているのがわかる。

「やっぱり、行ったな」

「えっ」

「ダンス教室さ。電話があれば、俺は行ったと思う」

「あたしは、電話をしただろう、という気がしますわ」

「俺は、寂しいだけだが」

「あたしも、寂しいんですよ。二次会がクラブだなんて、とても参加できないような、生き方をしてきましたし」

「寂しい同士で、食事か。もう、寂しくはなくなった。だから、ダンス教室に行くこともない」

「なにか、関係あるのかしら？」

「やつが、おかしなステップを踏んでみせた。それでダンス教室が出てきたのは、どこか俺には気後れがあったのだと思う」

「あたしは、自分の人生を、ちょっと振り返っただけのつもりでしたけど」

「踊りなんか、どうでもいいな。こうして食事ができているんだし」

「あたしもです」

私は、女の箸の遣い方を見ていた。指は、今度はそれほど骨張って見えなかった。

「ものを食べるって、不思議ですわ」

「俺も、そう思うよ」

酒を注ぐ。店主は、刺身を引くのに集中しているようだ。それはすぐに、細長いひとつの皿に盛られ、出されてきた。

「ここへ君を誘おうと思って、誘いあぐねた。そこでダンス教室だったのだが、それも消えた。もう、あぐねるのはいやだな」

女は、私を見ていた。私も、女を見つめ返した。

「今夜、君と結婚したいな」

女の眼は私を見つめたままで、表情も変らなかった。しばらくして、女が笑った。

私から、眼をそらそうとはしていない。

毒の色

1

ヘッドライトが、樹木を薙いでいる。

森は深いが、光が当たるのは一瞬なので、道路脇の木の幹だけが、闇に浮かびあがる。街灯がほとんどない道路に入って、十分ほどだった。

高速道路の事故で通行止めになり、予定より三時間近く遅れていた。

音楽のボリュームはあげたままだったが、タイヤが路面を擦る音がやけに大きく聞える。闇の中では、そうなのだ。ワインディングでは、コーナーに切りこんだ時の音が、特に間近な感じだった。

遅れについては、宿に連絡してある。気をつけて、と脇坂は言っただけだ。

いくらか広い道に出て、街灯も見えた。まだ登りである。私が抜けてきた間道は、コーナーがきつく、それほどスピードは出せない。それでも、本道を来るよりは、二十分は短縮できただろう。

私は、音楽のボリュームを落とした。ファドという、ポルトガルの古い唄だった。唄っている女性歌手は、亡くなって久しい。いくらか悲愴な感じがするが、それは音域が高いからだろう、と私は思っていた。

樹間に、明りが洩れてきた。私はシフトをセカンドに落とし、ことさらエンジン音を大きくして最後の坂を登った。

建物の前で、脇坂が待っていた。

オーベルジュと称しているが、ペンションに近い。部屋にはバス、トイレが付いているが、本職のコックがいるわけではなかった。

「間道を通ってきただろう」

脇坂は私よりも六、七歳は上だった。十五年ぐらいのつき合いになる。

「俺が予想していたより、三十五分、早いな。車が六台巻きこまれて、二台が燃えたとニュースでやっていたよ」

「通行止めが解除された時は、事故車は片づけられていた。事故がどんなものかも、そっちの方が俺より詳しいだろう」

「こんな時間に間道とは、ちょっと無謀だったと俺は思うな。鹿がいる。猿も、場合によっては熊もいる。あんたを捜索することにならなくて、よかったよ」
「出てきたら、撥(は)ね飛ばしたさ」
「まあ、ボルボは頑丈が売りものの車だが」
「腹が減ったよ。サンドイッチかなにか、食えないかな」
「そんな洒落(しゃれ)たもの、あるか。茸の雑炊がある。それから、俺が作った猪肉の燻製」
「あの、脂の塊かい」
「猪肉は、脂を食うもんさ」

私は荷物を出し、建物に入った。

ここは、十数年、変っていない。それは私が知っている期間のことで、二十八年前に作られた時から、同じなのかもしれない。

私は勝手に部屋へ上がって荷物を放りこみ、リビングと呼ばれている下へ降りた。

脇坂はひとりだった。

別棟といっても二百メートルほど離れているが、娘の一家が住んでいた。亭主と、長女と長男の四人暮らしである。五年ほど前に、脇坂は妻を亡くした。

薪ストーブの上に、黒い鉄鍋がかかっていた。しかし脇坂は蓋を取らず、四席あるバーカウンターに、水割りのウイスキーを置いた。皿には、猪の燻製のスライスがあった。本人は、かなり前から飲んでいる気配だ。

「紅葉も、落ちかかっている。次に降れば、雪かもしれんな」

「最後の一葉がいい」

「なんだそれ。なんか、小説になかったか？」

私は水割りを持ち、燻製のスライスを一枚口に入れた。脂が、口の中に拡がる。しつこい脂ではない。

「熊の燻製はないのかね？」

「猪と較べると、獲れる量が少ない。手に入ったら、燻製にするんだが」

客は、私ひとりのようだ。山は、しんと静まり返っている。水割りの氷が、かすかな音をたてた。

「人参だよ」

紫色をしていて、無造作な輪切りだった。私は、指さきで一片をとって口に入れた。確かに人参だが、甘い味と香りだ。そして、悪くない。猪肉とも合った。

「自分で、作った？」

「いや、それは無理だ。うちの畠では、大蒜だけを作っている。あれは土を痩せさせるので、半年は畠を休ませるんだ」

「そんなものか」

マスタードを塗った猪肉に、人参のスライスを載せ、食った。猪肉は半分以上が脂で、それが人参にうまく絡んでくる。

脇坂が、自分の水割りを作った。外は冷えこんでいるのだろうが、部屋は暖かだった。薪ストーブとは別に、床暖房も入っているのだ。建物が雪に埋もれたようになっても、中ではシャツ一枚で過ごせる、と脇坂は言った。出力はそれほどでもなくても、自家発電の装置も半地下に備えている。

四杯、水割りを飲んだところで、猪肉も人参も食い終えた。時々、薪の爆ぜる音がする。それ以外は、静まり返っていた。言われないかぎり、脇坂は音楽などかけようとしない。

「山で、猪が死んでいたよ」

「罠で？」

「いや、里に下りて畠を荒らそうとした猪が、撃たれたんだ。急所じゃなかったんで、山に逃げこむ力があったんだろう」

「新しい、屍体か？」

「一週間ほどは経っていたのかな。ほかの小動物に、肉は食い荒らされていたね」

「人が死んでも、同じようなものかね？」

「人間の屍体、俺は山で見たことなどない」

「あんただって、茸採りで足を滑らせて、屍体になっていることは、充分考えられるだろう。俺は深山までは行かないが」

「毎年、少しずつ、深いところに入ろう、というようになっていないか。行っちまうもんだよ」

私は、深山にむかうことはない。車で行き、一時間ほど歩くと、もう引き返してくる。山歩きが目的、というわけではないのだ。

「崖の中腹に、茸がある。毎年、あれを採ろうと思うが、危険も見える。落ちたら、死ぬな。しかし、茸だけ見えて、危険が見えなくなる時がある、という気がする」

「その崖のところには、行かないことだな」

「毎年自分にそう言い聞かせながら、気づくと行ってしまっているんだ」

「厄介な話だ」

ウイスキーのボトルもカウンターに置いてあったので、私はグラスに自分で少し足した。

脇坂が、茸の雑炊を椀に注ぎ、漬物と一緒に持ってきた。私は、それが少し冷めるのを待った。

食事をしていなかったのか、脇坂も自分の分を運んできた。

「上の池に、鱒の養殖場ができてな」

「なるほど。こんな山の中で、養殖の魚の料理を出すわけか」

「楽と言えば、楽なんだが」

脇坂は池と言ったが、充分に湖の広さはあり、尾根を越えた反対側の斜面にあった。湖畔には、ホテルが建っている。そこまで、車で二十分ぐらいだろうか。

椀を手に持ち、私は雑炊を食いはじめた。

2

駐車スペースに、赤い小型車がうずくまっていた。

脇坂の婿が、薪を運びこんでいるところだった。

私はビニール袋を二つと、紙の束を持って、リビングへ行った。

ストーブはすでに燃やされているが、リビングに人影はない。

ストーブのそばに腰を降ろし、私はビニール袋から色づいた木の葉を一枚ずつ出すと、紙に挟みはじめた。そうしておくと、水気がすっかり抜け、色はいつまでも変らない。

私はこの山で、色の採集をしていた。同じ木でも、年によって色づき方が違う。前のものと並べて見較べると、いつも不思議な気分がこみあげてくる。

これは、私の趣味なのだろうか。一度で二センチほどの厚さになる紙の束が、自宅にはいくつも積みあげてある。それを改めて見直すことはしない。紙に挟む時に、一度じっくりと見るだけだ。

色は、再現できる。多分、絵具や写真で、一応の再現はできるのだろう。しかし、微妙なところが、違うという気がする。それならば、再現したことにはならないのではないか。堂々めぐりにそんなことを考えながら、葉に見入った。

「わっ、きれい。紅葉を集めているんですか？」

気づくと、若い女が二人、リビングに入ってきていて、私の手もとを見ていた。

「もの好きだろう？」

「でも、とってもきれい。山へ入れば、そんなのが手に入るんですか？」

「入るかもしれない。だが、やめておいた方がいいな。準備もなく歩き回ると、こんなところでも遭難するよ」

「遭難っていったって、大声なんか出したら、誰か見つけてくれるんじゃないかな」

「方向を失ってしまうのだよ。同じところをぐるぐる回って、道のそばなのに、なぜか道には出ない。そんなものだよ」

ここの山でそんなことになるとは、私は本気で信じてはいなかった。二人も、そうなのだろう。笑いながら、テーブルのそばで、葉に見入りはじめた。

「あたしたち、明日、茸狩りに行くんです。はじめてだけど、愉しそうでしょう」

「そいつも、危険だね。茸のすべてが、食べられるわけじゃない」

「だって、ここの御主人と一緒に行くんですよ。オプションのツアーで」

「そういうことか。ならば、安心だ」

脇坂が、そんなことをはじめているとは、知らなかった。以前は、脇坂の妻が、かなり本格的なイタリアンを作っていた。オーベルジュ、と呼んでもいいもので、厨房に助手がひとりいたし、脇坂はスーツを着て料理を運んでいた。それに娘夫婦が加わると、確かにリストランテという雰囲気だった。

いまは、料理は脇坂父娘の受け持ちらしい。一応のことが済むと、娘夫婦は別棟へ帰っていく。すっかり民宿ふうになっているのだ。

「茸は、ここで食べていくのかい？」

「一部分は。明日の夕方、料理したものを食べてから、帰るんです。おじさんも、一緒にどうですか？」

「私は、朝には帰ってしまう。多分、君たちが山に出発する前にね」

「そうですか。いろんな茸の料理なんですよ」

「残念だが、私はいつもここの主人に食べさせて貰っている。きのうの夜も、茸の雑炊を食べた」

「あたしたちのメニューに、雑炊は入ってないわ。茸ごはん」

喋っているのは、ショートカットのひとりで、もうひとりは口もとに笑みを浮かべているだけだ。三十手前というところだろうか。女二人の小旅行というのが、人懐っこくさせているのかもしれない。

「それにしても、きれいな葉っぱだわ」

「たくさん採ってきて、標本にするもの以外は、ストーブで燃やしてしまう。気に入ったのがあったら、差しあげよう」

「わっ、記念に貰ってしまおう。学校の先生とか、研究している人とか？」

「ま、そんなものだ」

二人が、ビニール袋の中を漁りはじめた。赤いものを、きれいだと思っているようだ。褐色に色づくものに、実は深い色が潜んでいたりする。

脇坂がエプロン姿で入ってきて、床暖房のスイッチを入れた。窓の外はまだ暗くなっていないが、気温が下がりはじめているのは、はっきり感じられる。

「そっちの赤いの、なんですか？」

小さなビニール袋に入っているのは、木の葉ではなかった。

「それは駄目だ。触るなよ」

「えっ、まるで毒があるみたいな」

「毒さ」

手に触れないように気をつけながら、私はそれを紙の上に出した。

赤い色は、鮮やかというより異様な感じがするほどだ。しばらく、私はその色を見つめていた。動脈から出た血の色よりも、なにか悪意のようなものさえ感じさせる赤だ。

「木の実なんですか、これ」

こわごわと覗きこみながら、ショートカットが言う。おいしそう、ともうひとりがはじめて口を開いた。

「茸だよ。そして強烈な毒だ。食えば、死ぬ。触っても、かぶれるというか爛（ただ）れる、と言われている。私は、触ったことはないが」

「毒茸か」

呟くショートカットよりも、もうひとりがさらに顔を近づけた。

「火焔茸（かえんだけ）という名だそうだ。生えているのが、炎みたいに見えるんだろうな」

悪意のある赤を愉しむために、私はこれを持ってきた。臭いでも嗅ぐように、間近に顔を近づけた女の肩を叩き、私は茸を紙で包みこんだ。

「食するのは勝手だが、自分で採ったものでやってくれ」

「赤い色がいいな、と思っただけ」

女が言い、葉の袋の方へ眼を移した。

赤く変色した葉より、禍禍しい感じもある。この赤をいいという感覚は、いくらか歪んでいるのかもしれない。

「君の耳に、そっくりだろう、この茸」

「えっ」

「色じゃない、かたちがさ」

私は紙で包みこんだ茸を、ストーブの中に放りこんだ。

「燃えると、当然ながら、毒ガスが出る」

「嘘でしょ」

ショートカットは、冗談だと思ったようだが、もうひとりは大きく息を吸った。私には、そうしたように見えた。

薪ストーブはスウェーデン製かなにかで、炎が見えるように、側面に耐火硝子が張ってある。炎を見、それから女は私の方に顔をむけ、はっきりとわかるように笑った。

色を見るだけでも、心は毒に染まる。言いかけたが、私は黙って笑い返した。

穴の底

1

そこは、小さなレストランの入口という風情で、メニューでも表示してあるのかと思えるような、小さなボードが出ていた。地図を見るために手に持っていた案内状を、私はジャケットの内ポケットに収った。ボードには、間違いなく友人の名が書かれてあったのだ。

ドアの内側に記名台があり、そこで名を書いた。小さな入口なので、中が広いと思わず錯覚してしまいそうだが、小さいというより狭い空間だった。

人気はなく、私の靴音が妙な響き方をした。

六号から十号の油彩が、十六点である。売却済の印がついているものは一点もなく、無人の空間とかなしげに調和していた。

厚塗りの油彩である。私はそれを、濃厚という言葉で、ひそかに表現していた。淡白な油彩もあり、どちらにも私は過剰なものを感じる。

奥から、友人が出てきて笑った。

「足音で、来客がわかる」

私たちは軽く握手をし、しばらく立話をしてから、通りのむかいにあるカフェに行った。一方通行の路地になってはいるが、ほとんど車は通らないようだ。

カフェのメニューは凝ったもので、豆の種類から選べるようになっていた。そういうことが、喜ばれそうな街である。

「お茶を出す場所もなくてね」

友人は、窓の外に時々眼をやった。そこから、画廊の入口が見える。

「こんなところに、ギャラリーがあったんだな。地図はわかりやすくて、迷わずに来た」

「レストランやカフェは、競争が激しすぎる。入れ替ることをくり返して、いま画廊ってわけさ。オーナーは画商というわけではなく、照明の専門家でね」

「色は、よく出ていた」

描いたままの色が出る。それはあたり前のことのようで、あたり前ではない。描いた状態とちょっと照度が違うだけでも、別の色に見えたりする。私が、色にばかりこだわっているというのが、あるかもしれなかった。

「照明の専門家とはね」

「ほんとうは、照明器具を設計する人なのだが、前はレストランで、料理の色がどう出るか、気にしていたそうだ。だからいまは、絵具の色」

「実験場ってわけだな」

コーヒーが運ばれてきた。香りはいい。多分、味もいいだろう。私は、表面からたちのぼる湯気に、しばらく眼をやっていた。

「あの狭さでは、十数点が限界だ」

「だろうなあ」

「出せるものが、三十点はあったんだが、それを十六点に絞りこんだ。五年に一度の、個展なのに」

友人は、画家が専業ではなく、まるで異質の業界で金を稼ぎ、画壇や美術ジャーナリズムに阿(おもね)ったりせずに、描きたいものを描きたいように、ということを貫いてきた。若いころは、それがエネルギーになっていたが、いまはやや我儘(わがまま)さが垣間見える。

私より、才能は豊かだったはずだ。同じ美術団体の公募展に出品し、私より高い評価を受けている期間が、しばらくはあった。

私は、どこかで阿ったのだろうか。

三十代の十年間で、無理をしてかなりの規模の個展を三度開き、四十歳の時にやった個展では、すべての作品が売れた。それ以上に、画商や個人からの註文が多くなった。

画商を天秤にかけて、うまくやった、と言われることが、しばしばある。親の遺産を遣って、修業時代を乗り切ったのだと、羨望と軽侮をこめて噂されたこともある。

父は貿易商で、引退したあとは箱根の別荘で暮らし、財産は自分で遣ったのだ。唯一、いま住んでいる家の土地だけが残されていた。私はそこに、アトリエのスペースを大きく取った家を建てた。

私が父から受け継いだのは、土地よりも数字の才能とも言うべきものだった。二つ話が来た時、どちらがどれほど得かということを、細かい数字まで無意識に計算してしまうところがあるのだ。自分の絵を売る時も、値などどうでもいい、という顔をしながら、頭の中では数字が跳び回っている。

「あの国、行けなくなったな」

友人はただ国と言ったが、アフリカの西部にある小さな内陸国であることが、私にはわかる。若いころ、そこの風景をスケッチしたい、とよく話し合ったのだ。

私は文化人類学の本を読んで、その国のことを知った。友人が同じ本を持っているのを見て、アフリカについて話すようになった。学問的な話ではなく、風景について語った。アフリカでは、大して特徴もない国だったが、言葉の中で、実際には見てもいない風景が、少しずつ現実味を持ってしまうのだ。

「ちょっと、失礼する。いま、客がひとり入った」

「そうか。じゃ、俺はこれで」

「戻ってくるよ、すぐに」

「話してやれよ。数少ないファンになるかもしれない」

「それを求めちゃいないがね」

私は、友人と握手をした。勘定は友人が済ませ、私は短く礼を言った。

路地から商店街に出ると、人の姿は多くなった。この通りに、私の知っている画商がギャラリーを出していて、そこそこに繁盛もしている。

ギャラリーの前には、大きな看板が出ていたが、私は素通りをし、流しのタクシーを拾った。すぐに、信号で停(とま)った。

私は、煉瓦ふうの石が敷きつめられた、歩道に眼をやった。色だけは、煉瓦に近かった。

金髪の女が、カートを押していた。スーパーの袋などが満載である。日本人の男が追いかけてきて、押すのを交替した。女が二人、喋りながら歩いていて、カートにぶつかりそうになった。オープン・カフェから男女が歩道に出てきた。手を挙げようとした男が、客が乗っているタクシーだと気づいたのか、舌打ちの表情をして、さらに遠くに眼をやった。

車が、動きはじめた。

一枚も売れない絵など描くな、と私は呟いた。運転手がふりむく。私は、窓の外に眼をやった。

友人は、売り絵ばかりを描くな、と私については思っているだろう。通俗も積み重ねれば、などと私に言ったことがある。

お互いの絵を心底では否定しながら、友人として認め合っている、というところがある。

アフリカの小さな国が、好きだったりするのだ。

私はその国へ行く機会が何度もあったが、行かなかった。パリから六、七時間で、一日一本は航空便があった。パリには、時々、行く。行けば、ひと月からふた月は、滞在するのだ。いつでも行けると思っているうちに、さまざまな事情で、行けない国になった。

誰もがいいと思うから、絵は売れるのだ。しかし、ほんとうは誰にもわからない。そんな絵が、描けないものか。

私は、いま描こうとしている絵について、考えた。いつも、いま描こうとする絵で、それは十年以上抱いている気持だが、まだデッサンにもかかっていない。

そろそろ、描くべきだろう。このままでは、モチーフが腐り、臭気を放つかもしれない。

車が、大きな通りに入った。両側が、車になる。信号が多かった。黄色で、交差点に差しかかる。

踏め、と思ったが、踏んだのはブレーキの方で、私の躰は前のめりになった。

2

土を掘った。

スコップに足をかけ、体重をかけると、やわらかい土に、重心を崩しそうになる。

私の庭の土は、のべつ掘り起こしたりしているので、かなりやわらかい。特にやわらかいところがいつも一個所あり、私はそこを掘っていた。

土はわずかに湿り気を帯びているが、かたちとなってスコップに載ってくることはない。目の粗い粉を掬(すく)いあげるような感じで、しかし砂のようにこぼれることはなく、絡み合ってうずたかい塊になる。

掘るにしたがって、湿り気が強くなり、土は重たく感じた。一週間ほど前に、まとまった雨が降ったからだろう。

スコップの柄の、中ほどの深さに達すると、私は慎重になった。両膝をついてシャベルを遣い、底の方の土を掻き出していく。

硬いものに触れた。それは石ほど硬い感じではないし、土中にあって違和感があるというものでもなかった。私は、シャベルを小刻みに遣った。

服は、土にまみれた。捨ててもいいものを、はじめから着ている。額に浮いた汗を、服の袖で拭った。それから、手を穴の底に直に突っこんだ。

指がひっかかる場所は多くあり、方向を変えて揺すっていると、それは動いた。両手を入れ、持ちあげた。重たいが、同じ容量の石ほどではないだろう。

指さきで土を落とすと、ところどころに白い色が現われてきた。やがて、土に汚れた白い塊と見えるようになった。内部の土も、割箸で掻き出した。穴の底から持ちあげた時より、ずいぶんと軽くなった。

散水用の水道の蛇口の下に置き、しばらく流水に晒すと、ほとんどが白い色になってきた。いくらか青を混ぜたような白である。

それが骨であることは、はっきりとわかるようになったが、私はまだ流水に晒したままにした。

歯ブラシの包装を解き、まず爪に溜った土を擦り落とした。

強く擦ると、指さきにむず痒いような感触が生じてくる。ほとんど、快感に近いものだった。

両手の爪が、きれいになった。

骨に、歯ブラシをかけはじめる。襞が多く、流水に晒しても、わずかに土が残っているのだ。しかし、爪のようにはきれいにしない。野晒しの骨。ならば半分は土に埋まっていると考えても、無理ではない。

私が、砂漠や熱帯雨林で見た骨は、埋もれかけているものがほとんどだった。

骨の色は、まだ生々しい。乾くと、白い、深みのない色になる。

牛の頭の骨だから、かなり大きい。ひと抱えはある。私が手に入れた時は、取り残された肉がまだ付いていたが、半年、土に埋めていたら、余計なものはすべて取れ、骨だけになるのだ。骨の白い色には、やはりかすかな青が混じりこんでいる。乾いても、それは変らなかった。

私はそれを、二階のアトリエのベランダに運んだ。南むきである。

手すりから、紐が一本出ていた。それを引くと、牛と較べると小さな、羊の頭蓋骨が手もとにきた。半年前に、この紐につけて、屋根の上に出した。

半年間、野晒しと同じ状態になった羊の骨は、白にわずかな黄色を混ぜた色だ。

牛の骨を紐につけて、屋根の上に出した。

羊の骨は、アトリエの棚に置いた。

しばらくむき合っていた。どこか、滑稽な感じが漂っている骨だった。山羊も豚も、結局は同じ滑稽さの中にある。草を食む動物だからか。しかし、豚が食うのは、草だけではない。

私は、頭蓋骨の中に、なにを求めているのだろうか。

骨は、知り合いの精肉商に頼む。処理場から躰の部位だけでなく頭も買い、頬の肉や脳や舌などを取り出すと、私に売ってくれるのだ。

私は、羊の骨を見続けた。死というかたちのないものを、絵にしようとしている。かたちはないが、人間の心には大きな翳(かげ)を落としているものだ。

野晒しの骨をモチーフに選んだのは、五年前である。五年前から、私はこうして野に晒された骨を作り続けている。木炭を持ち、デッサンを取ろうとしたが、手は動かなかった。

キャンバスには、描きかけの薔薇がある。仕上がりは、悪くない絵になるだろう。しかし、なにかを描き足りないのだ。

アトリエの隅に置いてある木箱から、私は骨を出して並べた。五年の間に、九個になっていた。

一時間ほど眺め、それから箱に収った。脆くなっている骨が二つあり、それは庭で粉々にした。スコップの柄で叩くと、たやすく毀れたのだ。ただ硬い部分は残っていて、それが動物の頭であったことを、かろうじて感じさせた。

硬い部分は、ハンマーで打ち砕いた。

デッサンも取らないままの、私のモチーフが、消えた。消えたと思うのは、かたちにこだわっているからだろうか。

死そのものを絵にするということで、骨を描くのに、どれほどの意味があるのか。なにかに仮託せずには、描けない。死は、生きている人間にとって、観念でしかないのだ。それが動物の骨というのは、あまりに安直なのかもしれない、と思った。あるいは、仮託できるものを、自分の手で作ろうということに、こだわりすぎているのか。

掌（てのひら）で、掬いあげる。砂のようでも小砂利のようでもあるが、重量感はまるでない。

こんなものか。私は、声に出して呟いた。

この一、二年の傾向だが、私は時々、声を出していて、自分でそれを聞く。

掌には、細かい骨の粉がついていた。握りこんでみても、ほとんど感触はなかった。

骨の粉を塵取りに集め、それを庭の隅に持っていった。

穴の前。数メートルのところで、私は立ち止まった。なにかが、見えたような気がしたのだ。底のない、穴。地面に掘られたのではない、私の心か躰のどこかにある、穴。眼を凝らしたが、一瞬だけ鮮やかに感じたものは、すでに曖昧になっていた。

私は、塵取りの骨を、穴の中に流しこんだ。

晩秋の庭は、すでに薄暗くなっていて、穴の底に白い色が見えた。

こんなものだ。

私は呟き、穴の周りの土を、スコップで押すようにして、白い色を消した。

スクリーン

闇だった。

それを押しのけるような明滅する光から眼をそらし、私はほぼ中央あたりの席に腰を降ろした。

1

音響が館内に溢れている。二本目の終りというところか。もっと歩いているつもりだったが、早目に入場したのは、空模様があやしくなってきたからだ。時折、頭皮に雨滴を感じた。寒い日で、濡れたくはなかった。

客は少ない。ざっと数えて、二十から三十ほどの頭が見える。

邦画も洋画も、ロードショーにかかったものも、ミニシアター系のものも、週替りで二本かかっている。名画座と呼ばれる、映画館だった。

私の家の最寄駅から、ひと駅のところにあった。私は歩いて、ここまで来たのだ。もう少し歩くと書店があり、私はそこに寄るつもりだった。

物が破壊される音が、次々に聞えてきた。スクリーンに眼をやっても、なんのことだかはわからない。

私は携帯電話を出して、着信を確かめた。

画商から電話が入っていて、メッセージが残されていたが、それを聞くのはやめた。

腕を組んで、眼を閉じる。

騒々しい音はすぐに熄(や)み、沈黙を一拍置いて、音楽が流れてくる。エンドロールに入ったようだ。場内はまだ暗いままだが、立ちあがる客の姿が、いくつかあった。

場内が明るくなってから、携帯電話に残されたメッセージを聞いた。人形の絵に、数名の買い手が現われた。個人的な依頼で、似たような絵を求められるかもしれないが、応じないでくれ、という内容だった。

画商に渡した絵について、私はほとんど関心を抱かなかった。いくら値がつくかを、見ているだけである。

声をかけられ、私はその方に顔をむけた。ポップコーンを持った女が、私を覗きこむようにして笑っていた。

「君か」

すぐにわからず、しばらく記憶を探ってから、私は言った。私はほとんど、この女性の裸しか見たことがない。

「お隣、いいですか？」

私は、ただ頷いた。

女は、これから観ようとしている映画について、喋りはじめた。私は、女優を観たかっただけである。表情の豊かな、女優だった。その表情が、はじめは役柄という嘘から出てきたもので、時々、嘘とは思えない表情になる。その境が見分けやすいので、私は好んで観ていた。

女が差し出したポップコーンを、私は二つ三つ口に放りこんだ。

女は、ヌードモデルである。私のアトリエで、毎日数時間、全裸で過した期間が、二カ月ほどある。

私の絵は、静物画というふうに分類されることがしばしばあるが、裸婦像も四点描いていた。この五年の間に描いたものだが、まだ画商にも見せていない。

次の個展の時に、それを出すつもりだった。

気に入ってはいない。裸婦を物のように描いたつもりだが、死んだ肌から、命がこぼれ出していた。

「映画って、言ってみれば、すごく魅力的な嘘なんですよね」

「そうだろうと思うよ」

「絵は、どうなんですか？」

「絵は、嘘ではない」

「え、どうして？」

「通り過ぎていかない」

「ほんとかなあ。あたしは、自分がものすごく魅力的な躰に描かれているのを、何度か観ましたよ」

「それでも、嘘ではない。動かないものだからな」

「写真とは、ずいぶん違う気がしますけど」

「写と真の間に、さまざまなものがある。多分、嘘もな」

この女は、写真のモデルも、当然やっているだろう。

顔はよく思い出せなかったが、躰ははっきりと憶えている。ヌードモデルは、ファッションモデルとは違って、あまり痩せてはいない。腰まわりや肩のあたりの肉が、余分だと感じられてしまうことも、あるだろう。絵の上では、それを削ぎ落とされたりするのだ。

つまり嘘だが、表現はすべて嘘であり、同時にほんとうなのだ、と私は考えていた。

「あたし、この街に住んでいるんです。先生、ひと駅先ですよね」

「散歩には、いい距離だよ」

「先生のアトリエ、通うのが楽でした」

　私は、女のポップコーンに手を突っこみ、ひと握り取った。それをひとつずつ、口に入れていく。

「二時間、微動だにするな、と大抵は言われます。先生のところのお仕事は、その点でも楽でした」

私が捉えようとしているのは、女体ではなかった。女体を通して、自らの情欲を描く。情欲は、静止を求めない。情欲が募り切った時、不意に訪れる静止。そこに垣間見えるのが、束の間の死だ。それを、私はなんとか描こうとしていた。

「音楽、いろんなものを聴かれるんですね、先生」

モデルを立たせ、音楽をかける。それに乗って、踊ってもいいし、適当に躰を動かしてもいいし、じっとしていてもいい。女は、全身でリズムを取りながら、小さく踊ろうとしていた。別な音楽に切り替える。女が、違うリズムの間で切り裂かれる。

方法としては、姑息なのだ。束の間の死を捉えたつもりでも、描きあげた絵からは、生命力が溢れ出してしまう。

そんなことをくり返しながら、私はいつかその束の間を捉えるのだろうか。

四点の絵は、個展に出せば、かなりの評判になりそうだった。ただ、私が死を描こうとしたとしても、生命への賛歌と評されてしまうかもしれない。

「俺のところで聴かされた音楽で、君の好みに合っていたのは？」

「ロックンロールですね。それから、ブルース。躰の芯からなにかを搾り出してくるみたいで、気づくと動いてました」

ロックやブルースの合間に、ファドをかける。シャンソンを流す。そんな不意討ちのようなものに、どんな意味があったのか。

場内が、暗くなってきた。ロードショーで見落した人が多いのだろう。客席は、いつの間にか六割ほど埋まっていた。

「明るい時だから、会えたんですね。暗いと、人の顔なんてわからないし」

それから、女はポップコーンをまさぐる音をさせた。

2

エンドロールが終り、場内が明るくなった。

腰をあげたのは、十数人だ。残りは、次の回を観ていくのだろう。

女と連れ立って外へ出る、という恰好になった。女は、まだポップコーンが残った紙コップを、ゴミ箱に放りこんだ。

半地下である。階段を昇ってビルの出口に立つと、街が白くかすんで見えた。

「雪」

女がそう言ったので、私ははじめて、街が薄く雪に覆われていることに気づいた。落ちてくる雪は、時々風に舞っている。

私はとっさに、通りかかった空車を停めた。

「乗りなさい」

女は小走りで歩道を横切り、タクシーに乗った。私も続いて乗りこみ、自分の家の場所を言った。

「オフの日であることはわかっているが、ちょっと仕事をしてみろよ」

「雪を見たら、突然、描きたくなっちゃったんですか」

「わからんが、ふっとなにかが見えた気がした。描けるかもしれない」

「芸術家の方のそんな衝動って、あたしにはわかります」

通りかかったマンションを、女はただ指さした。

「あたしのお家です」

「そうか、こんなところに住んでいたか」

「アトリエでは、世間話はしませんものね」

雪が積もりはじめた街は、人の姿が少なくなっている。どこかで、雪をやりすごそうとしているのか。傘をさしている人間は、あまりいない。

二年前に降った雪の話を、女がはじめた。私も、その日をよく憶えていた。アトリエの窓から積もる雪を眺めているうちに、夜になってしまったのだ。

歩くと二十分ほどかかるのに、五分足らずで私の家の門に着いた。

車を降り、家に入り、すべての暖房を全開にした。

「乾いたタオルを、お借りできますか」

私は、バスルームから、タオルを二枚持ってきた。

床暖房まで入れたので、部屋はすぐ暖かくなってくるだろう。女はその前に、素速く全裸になった。腰のあたりと乳房の下を、軽く擦っている。

肌についた下着の痕を、消そうとしているようだった。

私はアトリエの照明を整え、音楽をかけた。

私が知っているロックンロールは、クイーンぐらいまでである。

私は、飲物を載せたワゴンを女の前に押してきた。お茶などもあるが、女はウイスキーをショットグラスに注ぎ、チェイサーもなしで飲んだ。

豊満な躰だった。ウエストのくびれが見事で、バランスのいい、日本人離れした体型だった。かたちのいい大きな乳房で、動くと尻の肉も蠱惑的に変化した。陰毛が、いくらか濃い。剃れという註文が出れば剃るだろうが、しばらくはそんなことは言われていないものと思えた。

アトリエに入ってからは、無言だった。乳房の下の衣類の痕を、女はまだ気にしている。

二杯目のウイスキーを飲んだ。

私は財布を出し、二時間の料金と、休日料金をワゴンに置いた。三時間分である。

部屋が、暖かくなっていた。

フレディ・マーキュリーの唄声に、女は耳を傾ける仕草をした。

「いいですか、そろそろ」

女の躰が、リズムに乗りはじめる。

私は木炭を持って、スケッチブックの前に立った。私の前で、揺れる躰。たやすく捉えられそうで、なぜかすぐには手が動かなかった。

そもそも、なぜいま裸婦を描こうとしているのか。不意の雪に、なにかが惑わされたのか。

私の手が、宙で踊った。しかし、スケッチブックは白いままだ。デッサンぐらい取れるだろう、と心の中で自分に語りかけた。デッサンは、技術だ。いや、ほんとうに技術なのか。

気づくと、私は宙で踊る自分の手を見ていた。自分を衝(つ)き動かすものが、なにもない。乳房が上下する。色の薄い乳暈(にゅううん)が、別のもののように動き回る。

音楽を、変えた。ピアノソロで、それに合わせて踊るのは、難しいだろうと思った。女の躰は、小刻みにリズムを取るのではなく、流れるような動きを見せはじめた。

また、宙で踊る手を見ていた。木炭は、もう持っていない。

眼をつぶっていても、この女のデッサンぐらいは取れる。取れるはずだ。しかし、相変らず、手は宙で踊っているだけだ。

私は、音楽を切った。

かすかな恐怖がこみあげてきて、私は眼を閉じ、なにも考えもせずに、終りだと女に告げていた。恐怖がなんなのか、突きつめようとは思わなかった。

女が、衣服をつける気配が伝わってきたが、私はそちらに眼をむけなかった。ワゴンの上のウイスキーをとり、ロックグラスに半分ほど注いだ。

ウイスキーが、腹に落ちていく。のどから食道が灼(や)け、胃がざわついた。

「描けなかったの？」

「乗れなくてね」

「乗る乗らないの問題じゃない、とあたしは思うけどな」

うるさい、と言いそうになり、なんとか呑みこんで口を噤んだ。

「女を裸で踊らせて、喜んでいただけね」

「君ができることは、二つのうちのどちらかだ。下へ降りて帰るか、隣の寝室へ行くか。さっさと決めてくれないか」

女を見た。服を着てしまうと、躰の豊満さと較べ、意外なほどの童顔だった。その童顔が、ちょっと崩れた。笑っている。

私はまた、ウイスキーを腹に流しこんだ。もうどこにも灼ける感じはなく、胃も静かなままだった。

女が、アトリエを出ていく。

私は椅子に腰を降ろし、掌の中のグラスとウイスキーを見つめた。簡単に描けるなどとは、思うな。衝動だけで、描けるはずなどないのだ。

女は帰るのだと思ったが、身づくろいの気配だけがあり、私は顔をあげた。

全開にしてある暖房で、アトリエの中は暑いほどだった。

私はグラスに残ったウイスキーを飲み干し、また天井に眼をやり、それから腰をあげた。

ワゴンの上には、女に払ったはずの料金が、そのまま置かれている。

寝室の方に眼をやり、踏み出した。

見知らぬ場所へ、むかっているような気がした。

寝室のドアは開いていて、ベッドのそばに女が立っている。腕にはコートをかけたままだ。

「最初からよ」

女は、ちょっと悲しげな顔で言った。

「最初からしなくちゃ」

私は、女に近づいた。手をのばして服に触れると、女は眼を閉じた。

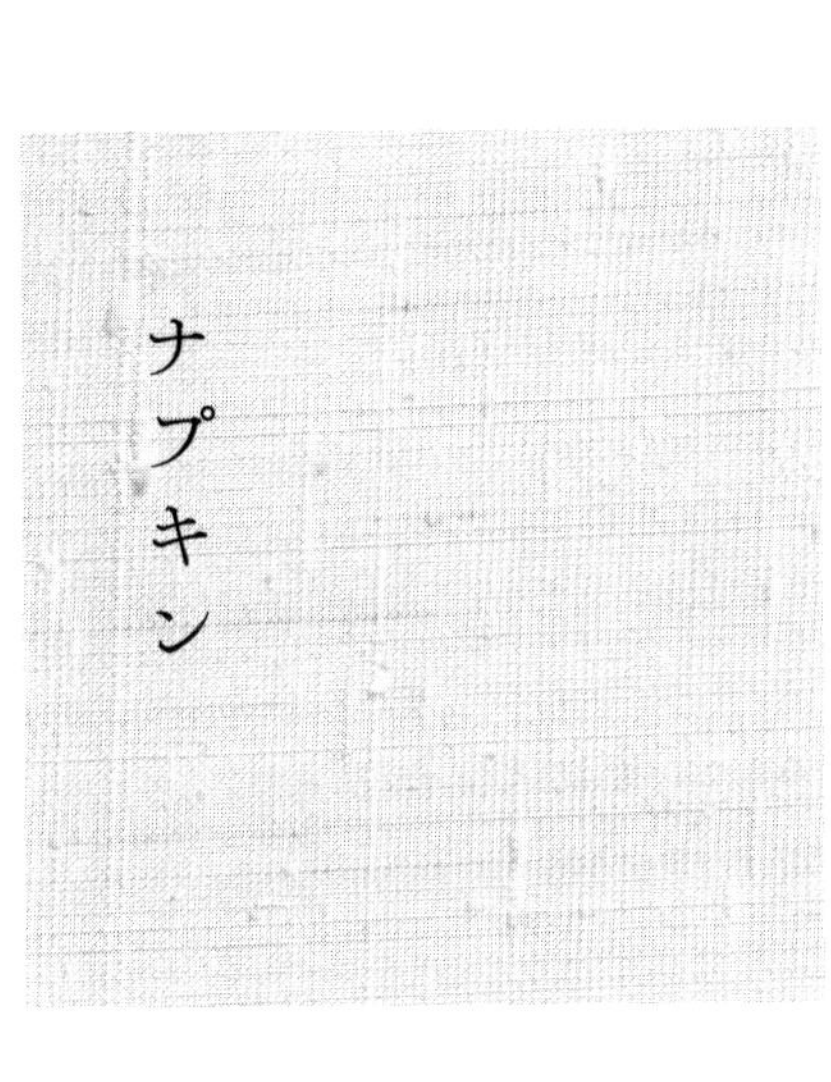
ナプキン

1

空気が張りつめた。

私は、グラスをコースターに戻した。

皿の割れる音が店内に響き、悲鳴があがった。

カウンターだけの店で、客は四人である。私は右端にいて、真中にいる二人が立ちあがっていた。

とばっちりを受けないように、私は床に足をつき、半分腰を浮かせた。

声があがったわけではない。二人の息遣いが、胸苦しいほど店の中に満ちた。

「なあ、もうよせよ。気が済んだだろう」

ひとりの声。どちらのものか、わからなかった。ひとりは背中だけ見えたし、もうひとりはほとんどその背中に隠れていた。

喧嘩を目撃したことは何度もあるが、これほどの至近距離で遭遇するのは、はじめてだった。左端にいた男も立ちあがり、壁に背中を押しつけていた。

「ほんとに、よそうよ。店の迷惑になるじゃない」

やはり、どちらが喋っているかわからない。

むこう側の男が、カウンターのグラスをとって、投げつけた。ほとんど空のグラスで、私は酒を浴びることはなかった。ただ、どこに当たったのか、グラスの割れる音だけが聞えた。

「あんた、そんなに興奮するなよ。もう店に迷惑かけちまってる。これぐらいにしておこうよ。俺は、もう帰るし」

喋っているのは、ひとりだけだ。背中をむけている男らしい。

むこう側の男が、いきなり殴りかかった。空を切った拳が、背後の合板の壁に当たった。その瞬間、男の顔が見えた。なぜかそっぽをむいていて、無表情だった。一瞬、そう見えただけかもしれない。

店の空気が、動いた。

むこう側の男が、くずおれ、眼を閉じて顔を上にむけた。その顔に、二度、三度と、拳が打ちこまれていく。緩慢な動きに見えたが、ほんとうは速かったのかもしれない。

肉を打つ音が、店内に満ちた。勝負がどうというよりも、肉を打つ音の生々しさが、ただ心に食いこんできた。

背中だけの男は、倒れた男をさらに蹴りつけていた。死んじゃう、と叫ぶ女の子の声が聞えた。

「おい、もうやめろ」

私は、自分が出した声に、自分で驚いていた。スツールに座り直した。背中だけの男が、ゆっくりとふりむいた。

眼が合った瞬間、男が私にむかって頭を下げた。私も、頭を下げ返していた。

「ほんとに、迷惑をかけちまって」

男は呟くように言い、財布から一万円札を一枚出すと、カウンターに置いた。それから誰にともなく、店全体に対するように、丁寧に頭を下げ、私の脇を通り抜けて、出ていった。

店の空気が、緩んだ。

カウンターを出てきた女の子が、倒れている男を抱き起こした。男はぼんやりしていたようだが、しばらくして立ちあがった。

「いやあ、参っちまいますね。あの人、本気で俺を殴っていっちゃったよ。怪我させたら、どうする気なんだろう」

男は笑っていた。カウンターの中で、横をむいて煙草を喫(す)っていたママが、男に水を差し出した。女の子が、割れた皿とグラスを片づけている。

私は、グラスのウイスキーを飲み干した。

もう一杯飲むかとママが眼で問いかけてきたので、私は頷きグラスを出した。

「うわっ、口の中が切れちまってるよ」

水を飲んだ男が、大袈裟な声をあげた。

「今夜は帰りな、シンちゃん。あんたが悪いよ。やめようって言ってる人に殴りかかって、逆に殴られたんだよ。止めようと思った時、先生が止めてくれた」

止めたという意識が、私にはなかった。肉を打つ鈍い音に、耐えられなくなって、声を出してしまったようだ。

「いや、気合の入った声でしたよ」

カウンターの反対の端にいた中年の客が、私の方を見て言った。

ママが私のグラスに水を足してウイスキーを注ぎ、女の子がカウンターの中に戻った。

「お勘定」

殴られた男が、ポケットに手を突っこんで言う。顔の半分が腫れていた。顔が腫れあがるのなど、あっという間らしい。

「さっきの人が、一万円置いていった。今夜はいいから、帰りなよ」

「あ、殴られた上に、奢られたのかあ。洒落にならないよなあ」

明るく言い放って、男が店を出ていった。

見憶えはあるが、名前は知らない。その程度の男だった。反対側の端の男もそうだ。

「泣いてましたね」

男が言った。水割りを、舐めるように飲んでいる。

「先生が殴られたら、すぐに警察に電話しようと思ったわ。御迷惑をおかけしました、と最後に頭を下げた時だね。いきなり殴りつけてくる。そうやりそうだったよ」

「よせよ。そんなに危険な人だったのか、ママ」

「わかんないわよ。結果として、先生には危険でもなんでもなかったんだから。三度目なんだけどね。どうも、シンちゃんみたいな若い者を、おかしな具合に刺激しちゃうところがあってね」

「刺激って？」

「いるだけで気に食わない。そんなことを思われる人って、時々見てきたな、あたし」

私は、なにも気がつかず、なにも感じはしなかった。喧嘩がはじまっても、どちらが喋っているか、わからないほどだったのだ。

「俺は、刺激するかね？」

「別な意味でね。勤め人の中じゃ、浮きすぎてるもの。みんな、ものめずらしがっているわよ」

「殴った人も、ジャンパーにマフラーだけだった。勤め人じゃないだろう」

「でも、先生と同類じゃないよ。むしろ、勤め人に近い方だ、と思うわね。若い者がつっかからなけりゃ、大人しく飲んでる人なんだから」

二杯目を、私は飲み干した。三杯目が、すぐに注がれた。

「先生、あたしに奢ってくれませんか？」

女の子が言い、私は頷いた。

四人で乾杯しようと言って、男がママにも一杯奢った。なんのための乾杯だと思いながら、私はグラスをあげた。

時々、寝酒を飲みに来る店で、駅前商店街のはずれにあった。私の家まで、歩いて四分というところだ。

女の子が、ＢＧＭをシャンソンに変えた。有線で、さまざまなジャンルの音楽が聴けるようになっている。

「喧嘩の夜か。ありそうで、ないものな」

「おまけに、止めてしまったし」

ママは、六十をいくつか過ぎているぐらいだろう。化粧が巧みなので、いくらか若く見える。昼間、商店街で挨拶された時は、誰だかわからないほどだった。

四杯目を飲んだ。

五杯飲んだら、私は帰って寝ることにしていた。

2

電話がかかってきた。

家の固定電話で、女からだった。なぜ携帯にかけないのだ、とは言わなかった。家にいれば出るだろうし、いなかったら出ないから、それだと携帯にかけるのは悪いし、と女は答えるだろう。なにか別のことを測られている、という気がする。

ひと月ほど、女とは会っていなかった。めしを食おう、と私は言った。今夜である。いつもこんなふうだから、自分の夜が空いている時に、女は電話をしてくる。もう、三年以上親しんでいる女だった。

夕方、私はジャケットの上にコートを着て、待ち合わせのレストランへ出かけていった。

女は先に来ていて、テーブルの上で掌をちょっと振った。

「フレンチでよかったか？」

「決める前に、訊くものよ」

女が、かすかに笑った。私は肩を竦め、差し出されたメニューを開いた。

ワインまで決めてしまうと、私は膝の上にナプキンを拡げた。

「どこか行きたい。ちょっと、移動をしたいという気分だよ」

「旅行ね。海外？」

「海外でも国内でもいい。なにか、澱んできている。視界が混濁しているのだな」

「勤めている人は、それでも仕事を続けて、逆に成績をあげたりするのよ。気負いのない分ね」

「俺も、見えすぎるのはよくない、と思うのだが。どうも、人間として腐っていくのだな。自分の腐臭がわかる」

「あたしは、つき合えないな。ここのところ忙しいし」

女がアパレル系の会社にいることは知っていたが、具体的なことはほとんどわかろうとしてこなかった。三十を、二つ三つ過ぎている。

結婚を考えそうな歳だが、その願望はないらしい。ベッドの上で、多少アブノーマルなことにまで踏みこんでみるのが、女にとっては刺激的な冒険ということだった。

私は冒険のための道具であり、そう割り切ると、いっそ清々しかった。三年以上も続いているのは、そんなふうだからだ、とも思う。

前菜が、運ばれてきた。

この女と、一度ポルトガルに行ったことがある。お互い、それなりに旅行を愉しんだ、という具合だった。肌がひりひりするようなことは、結局、なにも起きなかった。

「ねえ、持ってきた？」

ああ、と答えると、女の瞳がわずかだが潤みはじめる。

拘束具である。女は、極端に細い紐でなければ、満足しないという状態になっていた。それだと肌にくっきりと痕が残るので、見えないところを縛る。

二品目の前菜を平らげたところで、女はちょっと肩を動かした。ワインは、すでに半分近く減っている。

私は、旅行の話をし、女はそれに相槌を打ち続けた。

メインディッシュの前に、私はワインをもう一本註文した。私の倍以上の量を、女はいつも飲む。

「ねえ、遊ぼうよう」

周囲を見回してから、女が小声で言った。

「いまは、めしだ。そういう話は、終ってからにしよう」

「そうだね。遊んでくれるよね」

酔いのせいなのか、女の瞳がさらに潤みはじめる。

「遊んで、二人でぎりぎりのところまで行こうよ」

「ぎりぎり」

「ちょっと下を見ると、そこへ行ったら死んじゃうというところ」

「おまえひとりを、行かせてやる。俺はいいな。おまえを見ているだけでいい」

かなり危ういところまで、関係は進んでいるのだ、とこのところ思っている。

油断すると、そこに引きこまれてしまいそうな、甘い匂いを女は放っていた。

「ひとりで行けよ、ぎりぎりまで」

「そんな言い方が、またあたしをそそるのよ。食事中だってことは、よくわかってるんだけど。ひと月半も、放っておくからよ」

女が測るのは、いつも私がどこまで踏みこめるかなのだろう。はじめは、面白かった。それで女に合わせて踏みこみ、それなりの刺激と快感を味わった。

「ぎりぎりまで行かせて、明日の朝までそこに置いておいてやる」

「一緒に行こうよ」

はたで聞いていると、若い女が遊園地にでも誘っているような口調なのだろう。それがわかっていて、女は言い募る。

「とにかく、この肉を食っちまおうぜ」

メインが運ばれてきたので、私は言った。

肉に、ナイフを入れる。生々しい肉の赤さが、眼に飛びこんできた。

レアなどと註文するのではなかった、と私は思った。

「行こう、行こう」

女が、ちょっと靴を踏み鳴らした。しかし、それ以上の節度を失うことはないのだ。

行ってもいいかな。ある日、そう思うかもしれない。

なにかを覗いてみたいという気持は、私の中には確かにあり、気づくと踏み出してしまっていることが、ないとも言えなかった。

「この肉、おいしいね。デザートのことを考えると、とってもおいしい」

私は、踏み出したくはなかった。踏み出し、覗くとしたら、それはひとりでやることだ。

女が、肉を咀嚼しながら、眼を潤ませ、笑った。

私は、この女の快楽の道具である。道具であることを認識しながら、それでもどこかに情愛はある。時々、私は不思議な気分で、それを見つめる。

グラスの中で揺れているワインが、静脈の血のように思えた。

「冗談よ。行くところまで行ってしまったら、ほんとに死んじゃうかもしれないし」

女は、ナイフとフォークを皿に置いて、微笑みながら言った。

私は、残ったグラスのワインを飲み干した。

「ちょっと、困らせてやろうと思ったの。あなた、あたしを捨てそうな感じよ」

「そうかもな」

「否定しないところが、あたしは好きよ。思い切り、意地悪をしてやりたくなるわ」

「おまえのそういうところが、俺は好きらしい。困ったものだが」

女は、低い笑い声をあげた。

夜は、はじまったばかりね。そういう表情をして、女は軽く唇にナプキンを当てた。

屑籠

1

籐の籠の中は、丸めた紙で一杯だった。

すべて、デッサンである。この籠は、普段は貰いものの菓子などが入れられており、ほとんど手をのばすことがないので、部屋の飾りのようなものだった。

それでも、籠の中に菓子を入れておいてくれと、家事代行の女性に頼んであった。貰いものがない時は、空である。

スケッチブックではなく、ほとんどコピーに遣うような薄い紙に、私は鉛筆を走らせている。紙のやわらかさが、鉛筆の先の私の意思を、微妙に狂わせる。

それで、思いがけないデッサンができるというわけではなく、私はただ面白がっているだけだった。

キャンバスに移った時のデッサンは、紙の上のものとはずいぶん違っている。つまりディフォルメなのか。

しかし私はいつもの順序を辿らず、同じデッサンをくり返していた。それも、面白がっているのだ。

私は、庭に咲いた薔薇を一輪切ってきて、判で押したようなデッサンをくり返している。ただ、薔薇の角度を、一枚ごとに少しずつ変えた。居間で六時間ほど続けているが、もう少しで全方向からの薔薇のデッサンが終る。

疲れはじめていたが、眼と手は自然に動いていた。もっと若かったころは、二日、デッサンを続けたことがある。そうすると、モチーフだけではなく、私の心の中の削り落とせるものも、すべて落としてしまっていて、最初のデッサンとはまるで違うものになっていた。

この薔薇は、同じだ。ただ、角度が少しずつ変っている。その微妙な変化を、デッサンと言えるのかどうか。

八時間で、私はすべての方位のデッサンを終えた。

籠の中で、丸めた紙が山になっていた。私はそれを、見ることはしなかった。一本の薔薇だ。どの方向も、手がすべて覚えている。

昼食を抜いていることに気づいた。

私はキッチンに入り、鍋に湯を沸かした。湯の中に投入する塩の量に、私はこだわる。三本の指でつまみ、量を調整してから入れる。沸騰を待つ間に、冷蔵庫にある袋入りの刻み野菜を皿に盛り、牛肉を味噌に漬けたものを、フライパンで焼いた。縦にいくつかに切り分け、野菜の上に載せる。

沸騰しているお湯に、スパゲティを投入した。一度、沸騰は収まり、やがて白い泡とともに再び沸騰する。

タイマーは、やや短かめである。味噌漬を焼いたフライパンを素速く洗い、熱して、オリーブオイルと蛸のブツ切りと唐辛子を入れ熱し続ける。タイマーが鳴り、私はスパゲティを笊(ざる)にあげて湯を切り、そのままフライパンに入れた。菜箸で掻き回す。皿に移す。一連の動きが、料理として正しいのかどうかは、わからなかった。

とにかく、食事ができあがる。

白ワインを一本抜き、私は食べはじめた。

昼食を抜いていても、それほど空腹ではない。ただ、すぐに手足が、燃料を入れたように温かくなってきた。

それほど時間をかけず、私は料理を食い終え、居間に移って、グラス一杯分が残ったワインを飲んだ。

食事は、いつもこんなふうである。気が向いた時に、かなりの仕込みをしていた。たとえば、シチュー用の肉を煮こんだ汁は、勝手にフォンドボーと称して、冷凍で保存している。解凍し、それはかなりの料理の基本の材料にできる。野菜スープを作った時の煮汁も同じである。

これを教えてくれたのは、一時親しかった洋食の料理人である。

いま、教えられたものとは、ずいぶん違っているが、物を作るというのは、そういうものだと思っている。

葉巻を、一本喫った。大して長くはないが、ハバナ産である。私は小さなヒュミドールと呼ばれる葉巻の収納ケースを持っていて、それにいつも二十本ほど入っているが、常用しているわけではない。そして、香りがいささか傍若無人と感じることがあるので、人前では喫わない。

私は、小一時間、葉巻をくゆらせていた。

頭に去来しているものは、なにもない。これが、キャンバスで手が動く時の、前兆だった。灰皿に、葉巻を置いた。揉み消さない。置けばすぐに消える。それが葉巻なのだ。喫いはじめた時から、そんなこだわりはあった。

束の間、眼を閉じ、私は腰をあげると二階へ駈けあがった。

六号のキャンバスである。私は木炭でデッサンをとることもなく、パレットに絵具を出すと、直接色を載せた。パレットナイフで作りあげた、赤の濃淡。緑の濃淡。

八時間も、デッサンを続けたのだ。籠から、丸めた紙を出して開き、なにかを確かめる必要などなかった。

白いキャンバスに、薔薇がひとつ浮かびあがった。葉も茎も、まだない。私はバックに黄色を置き、布ふうのタッチに仕上げた。

葉と茎。どんな棘が、どちらをむいていたか、葉の裏側が、どんな具合に白っぽかったか。葉を覆う白いあるかなきかの繊毛は、どう描けばいいか。

一本の薔薇ができあがった。宙に浮いている。もう一本を描く。ちょっとだけ、先に描いた一本とは、角度が違う。同じ薔薇である。三本目。

薔薇の絵を、薔薇に見えるように描けるまで、かなりの年季が必要なのだと言われる。年季を入れれば描けるのか、と私は思う。

技術は誤魔化しに近いと考えるほど、私は青臭くないが、達者と言われるのを褒め言葉だとも感じていなかった。

四本目から、薔薇は重なりはじめる。五本目、六本目で、最初に描いた薔薇は、花弁の上部が見えているだけになった。描かず、その大きさの想定だけが頭にある花瓶には、まだ十本以上の薔薇が入る。

私は花の角度を間違えることなく、一本ずつ想定の花瓶に挿していった。

ミネラルウォーターで飲む水が、三本目になっていた。それには、ひとつまみずつ、塩が入れてあるが、ほとんどその味はしない。

夜が明け、午(ひる)を過ぎたころ、最後の一本の薔薇を描き終った。

私は休まず、白を基調にした想定の中の花瓶を描いた。陶器の質感を、あえて前に出さないようにした。

終った時、夕方になっていた。

私は冷蔵庫から四百グラムほどの牛肉を出し、フライパンに入れた。なにも考えず、タイマーをかけて、弱火で焼き続ける。表を一分、裏を一分。そして蓋をして一分休ませる。それを三回くり返す。あらかじめ仕込んである、肉用のソースをフライパンに入れ、ワインを入れ、皿に出す。

食ってみても、大して味はわからない。休むことなく、私は肉を食い続けた。

皿をシンクに置くと、私は裸になり、シャワーを遣った。ブラシで、指さきの汚れを丁寧に落とす。

途中で胃がむかついてきて、私はトイレに行き、ひとしきり消化されていない肉を吐き続けた。

さらに指さきをブラシで擦り、どこにも絵具の汚れがないことを確かめ、バスローブを着て浴室を出た。

2

吉野が縁側に立ち、声をかけてきた。

私は、シャベルで庭にいくつか穴を掘っていた。

「あの薔薇の束、一本、というタイトルが付箋で貼ってあった。私には、よく意味が摑めなかったが」

「意味なんてない」

私はシャベルを庭に突き立て、縁側に腰を降ろした。

家事代行の女性に、吉野がコーヒーを二つ頼んだ。

「不思議な気配が、漂い出している。それは薔薇の気配と言うより、描く人間の気配のように、私には感じられる」

「難しい言い方はやめてくれ。裸婦像は?」

「いいね。展示のいいアクセントになる、あの三点は」

吉野は、私のところから、あらかじめ決めてある値で、絵を買い上げていくのを、日頃の仕事としていた。絵の感想は言うが、それは商売になるかならないか、という視点のものが多かった。画商はそれでいい、と私は思っている。

コーヒーが運ばれてきた。

吉野はミルクを入れ、執拗にスプーンで掻き回した。

「あの薔薇だがね」

「よしてくれ。三日前に描きあげ、それから一度も見ていない。キャンバスを、伏せてあったはずだ」

ほんとうに観られたくなければ、物入れに隠せばよかったのだ。吉野に観せたいと、どこかで思ったのかもしれない。意味ありげな、タイトルを書いた付箋まで貼った。

「どういう写実だ、あれは？」

「駄目かね」

「いや、奪い合いになるかもしれん。おかしな絵なんだ」

「俺の、気の迷いが、そのまま薔薇になったのかもしれない」

「迷いだと確信を持っているのか？」

「いや、自分でもよくわからん」

「どういう写実だ？」

「一本なんだよ。タイトルにつけた通り。一本の薔薇を、二十八通りの角度から描いた。最初の一本など、もうほとんど隠れてしまっているが」

「そういうことか」

吉野は、まだスプーンを動かし続けていた。それに気づいて、苦笑した。

「観た以上、絶対に並べさせて貰う。中央の裸婦像の隣に」

吉野は、個展をやろうとしていた。個展が開かれるたびに、私の絵は少しずつ値をあげている。

「人形の絵な。それをさらに隣だ」

「まだ、売っていなかったのか」

ふた月に一度ずつ、吉野は私の絵を買いに来る。売ると言わず渡すと私は言っているが、数日後には金が振り込まれるので、間違いなく売っているのだ。

ふた月で、一点もない時もあれば、四、五点渡すこともある。

「なぜ、そんなことを考えたんだ？」

「考えたわけじゃない。ただの迷いだろう」

「迷っている絵かね、あれが」

「そうだと、いまは思っているが」

「方法として、間違っていてもいい、と確信している。ある意味、抽象だね」

「難しいことは言うなよ。吉野さんは、いつも商売を考えてくれる。それで、俺は楽なところがある」

「そうさ。私が考えているのは、商売だ。そして時々、商売には難しい言葉が必要なんだよ。個展は、そのいい機会だ」

　吉野が、音をたててコーヒーを啜（すす）り、笑った。あの絵を、吉野が観られる状態で置いておいた。だから、吉野に渡したのだ。

「先生は、変りつつあるね。いや、飛躍と言っていいのかもしれん。先生に言葉は必要ないだろうが、売る側としては、言葉の遣いどころなんだよ。この路線で、ずっと行くとは思わないが、変貌のはっきりした狼煙（のろし）が見えるんだよ。言葉を、総動員するさ」

　路線と狼煙という言葉で、私はいくらか気持の安定を取り戻した。それこそ、吉野の画商としての言葉だった。

「私は、あの絵のタイトルを思いついた」

「いいさ。勝手にしてくれ。俺は、吉野さんを、ある部分では信用している」

「ある部分だと。そうか、私は所詮、商売人だ。蒐集家（しゅうしゅうか）の気持を惹く言葉を、どうしても思い浮かべてしまう。孤独な花束、というのはどうかな？」

私は、笑い声をあげた。自分では、思いつくはずのない言葉だった。しかし、いいのかもしれない。ただし、吉野の講釈つきでだ。

そして、講釈が必要な絵など、ほんとうの絵ではない。

「いいな。値をつけられそうだ」

「私も、そろそろ、大きく儲ける時期にさしかかっているのかもしれん。これからも、関係は不滅だよ」

あんたもな、という言葉を、吉野は慎重に呑みこんでいた。私は頷き、ただ微笑んだ。

個展では、四十点、展示する。そのうちの二十五点を、いままでより三割、高い値で売る。残りの十五点は、折衝中ということで、購入の申し出を一旦は断る。美術ジャーナリズムが、吉野のいくらか難解な言葉に反応する。そして、値はさらにあがる。

吉野に、早く帰って欲しくて、私はシャベルのところに行き、穴を掘りはじめた。球根を植えるための、心に掘ったような穴だった。大して深くなく、水仙にするかほかのものにするかも、決めていなかった。

吉野のところの若い社員が、六点の絵を運び出していった。

私にひと声かけて、吉野は帰っていった。

手を洗ってアトリエに上がり、私は六点の絵が消えたアトリエの真中に、しばらく立っていた。薔薇の絵は、思い出さないようにした。

家事代行の女性が、寝室のベッドメイクをしている。

私は、白いキャンバスに眼をやった。描くべきものは、なにも浮かんでこない。テレピン油と、絵具の在庫を、確かめた。

「あの」

家事代行の女性が、立って私を見ていた。

「吉野社長から、お菓子を頂いております。お籠に入れますか？」

居間の籐の籠の中には、二十八枚の、丸めたデッサンがある。それは、破棄してはならないものだ、と女性は思ったのだろう。アトリエの大きな屑籠には、なにも入っていない。

束の間、迷い、迷っている自分を振り切るように、この屑籠だ、と言った。

「こっちに入れるから、持ってきてくれないか」

籐の籠は、屑ではない。

丸めた紙が、ただ屑なのだ。

赤い雲

1

昼過ぎに到着していたが、私は部屋でしばらく眠り、起き出すと外に出た。

部屋は二階で、窓から海が見える。外の道に出ると、家屋と店が混在した街中になり、坂を降りて海岸沿いの国道に出る。

防潮堤に登ってしばらく歩き、階段で浜に降りた。ビーチなどという洒落た言い方が肌に合わず、私は口にしない。

浜から、ほぼ等間隔で、コンクリートの堤が海に三本突き出している。船を繋ぐ柱などないので、消波ブロックの役割りをするのかもしれない。

以前来た時は、釣人の姿があったが、いまは誰もいない。波は静かで、その堤の周囲が泡立っていることもないようだ。

私は、堤の突端まで歩いた。

日没には間があり、斜めからの光線を照り返して、海面は硬質なものに見えた。夕方のわずかな間だけで、やがて海面はもっと眩しいものになり、束の間、赤く染まると、陽は落ちていく。

私は、スケッチブックと、クレパスひと箱と、赤系の水彩絵具のチューブを、三本持っていた。胸のポケットには、万年筆ぐらいの長さの、筆をさしている。

海面が、赤くなってきた。水平線が際立ち、雲も色づきはじめた。

雲の間から、閃光がいく条(すじ)か出て、交錯する瞬間。私は、光が海に落ちていくさまを、頭に刻みこみ、木炭を遣った。それで腰をあげると、浜まで戻った。

日没というのは、ほんの短い間で、私は海に落ちる太陽を描こうとしているわけではなかった。さらに短い、閃光を捉えてみようとしていた。

砂に腰を降ろし、画用紙の上部に、木炭を横にして、薄く黒い帯状のものを三本描いた。水平線と海には、クレパスで濃淡を入れていく。ほとんどが、黒と群青である。ただ、画用紙の白い部分も、いくらか残す。

ポケットに入れていた三枚の小皿を砂の上に置き、ペットボトルの水を入れた。三枚の皿に、少しずつチューブから絵具を出す。

筆を動かす。まず水を含ませ、絵具をかすかに融かしこみ、それで画用紙の上を軽く叩いた。三つの赤い色。それが画用紙の上で混じり合う。濃いところ淡いところは、偶然に任せている投げやりさがあるが、全体の調子は見失っていない。

「達者なたらしこみだね」

気づくと、防潮堤の上から、初老の男が見降していた。

私は、一度、上にむけた眼を、画用紙に戻した。基調が、赤と地に木炭で引いた帯になり、それは夕空だった。雲など、一瞬一瞬で変るので、私の一瞬を、そこに描けばいい。

白い部分を残したところがあり、それが雲間にきらめいた閃光である。

私は、クレパスで、海にのびた堤と波打際を仕上げていった。

木炭で帯状のものを引いてから、十分ほどしか経っていないだろう。

「俺は、昔、絵手紙の教室に通ったことがあるんだが、たらしこみは、偶然の効果を狙うような気がした。あんたのは、違うね。偶然ではない」

「絵は、いつだって半分ぐらい、偶然だよ。しかし、こんな小さな街に、絵手紙の教室があるのか」

「画家が住みついていてね、そこで教室をやっていた」

男は、作務衣（さむえ）を着ている。夕方、作務衣姿でいる男の職業は、よくわからなかった。あえて訊こうとも思わない。知らない人間と喋ることに、私は大して抵抗を覚えないが、積極的と言うほどではない。

私は、皿を乾いた砂で洗った。

上着には、大きなポケットがいくつもついていて、皿もクレパスの箱も絵具のチューブも入る。私は、スケッチブックを閉じ、腰をあげた。

「たびびと？」

屈託でも感じさせるような、訊き方だった。

私は小さく頷いた。

「じゃ、長崎屋（ながさきや）に泊（とま）っているんだ」

「そこしかないでしょう、この街で泊れるのは？」

「なかなかいい旅館、いや民宿だよ」

「看板には、旅荘と書いてあったな」

六十歳を、いくつか過ぎたぐらいだろう、と私は思った。

「俺は、波止場のところで、『ほかげ』という居酒屋をやってる。よかったら、飲みにおいでよ。肴（あて）は、俺が作ってる」

「それ、灯影って書くのかい、漢字で」

「提灯には、平仮名でね。俺は、漢字のつもりだったんだが」

小さな漁港があるが、それが中心という感じでもなかった。背には、高くはないが山を抱えている。そして通ってきた駅前には、ビルがいくつかあった。

「駅前に、なにかないのかな」

私は、夕食の場所を探さなければならなかった。朝食しか出せない、と泊る時に言われたのだ。

「あそこの女将（おかみ）は、親しくてね。調理場を任せたいと言われたが、ちょっと無理だった。駅前には、レストランと言っている食堂は二軒あるよ。飲み屋も二軒。スナックってやつ」

私は、ちょっと頭を下げて、防潮堤の階段の方へ歩いた。

宿には、老女と中年の男がいるだけのようだ。客は、私ひとりである。

「夜は、『ほかげ』に行ってみようと思うんだがね」

中年の男に言った。番頭なのか息子なのか、よくわからなかった。

「ここじゃ、ましかもしれません。前は、うちの厨房も、そこそこのものだったんですが。眼の前の海を、海水浴場にする、という案が消えちまいましてね。なんでも反対、という人間たちがいるんですよ」

話し好きの男だ。それも、昔話や噂話が好きなのだろう。

私は、二階の部屋へ行った。

ポケットのものを、画材の箱に戻す。部屋の壁にはなにもなく、それがかえっていい。

私は、スケッチした夕空の絵を切り離し、鋲で壁に留めた。残した、白。雲の間から海の上にまで残っていて、それが光になっていた。描かなければ、描けることがあるのだ、と私は思った。新しい発見ではなく、時々、こうして思い出す。

風呂に入ってくれ、と声をかけられた。

家庭にあるものより、いくらか大きな浴槽なのかもしれない。足がのばせた。

私は指を気にしたが、どこにも絵具はついていなかった。水彩の絵具だし、爪は短く切ってある。

風呂を出ると、部屋には戻らず、玄関ホールのところでビールを頼んだ。よければ一緒にと言うと、老女も出てきた。

言葉遣いで、男の母親だとわかった。

「絵が、御趣味なんですね。スケッチブックを持って、浜に行かれて」

二本目のビールを注ぐ時、老女が言った。

「違うよ。こちらは、画家の先生だと思うよ。すみません。床をのべさせていただきに入って、壁に張りつけてある絵を見ました」

黙って、私はビールをのどに流しこんだ。

「なぜ、壁に張っておられたのですか？」

「描けたものと、描けないものがある。それを見つけるためだよ」

「そうですか。旅行の間でも、そんなことをなさるのですね」

「旅行の間だけだね。東京にいる時は、スケッチはあまりやらないし」

「私も、拝見させていただきたいですわ」

理由はわからないが、老女の声に切実な響きがあった。

「あげるよ」

「えっ」

「夕焼けの中で、ちょっと遊んだだけだから。ただ、サインはしない」

「そんな。頂戴するなんて、とんでもない」

「気に入ったらの話ですよ、女将さん。俺はこれから、『ほかげ』へ行ってめしを食い、多分、酒も飲んで帰ってくるから」

一枚の、水彩画に過ぎない。それも気紛れに描いたもので、明日の朝になれば、気に入らずに破り捨てるかもしれない。

いただくなんて、そんな。あるかなきかの声で、老女が呟いた。

2

二人いた客が帰ってしまうと、一升壜(びん)がカウンターに置かれた。

私は、真鯒(まごち)の造りを、自家製のポン酢と紅葉おろしで食い、蓮根のきんぴらを食い、焼鯵を食った。

私は、壁に張られた短冊のメニューがほとんど漢字であることに、呆れていた。それを言うと、男は漢字が絵であることを力説した。

真鯒は、身を崩さず、見事に骨が抜かれていた。それが厄介で難しいと、時々訪れるカウンター割烹の主人に、恩着せがましく聞かされていた。私の、好きな魚だった。

「魚を、食い馴れているね。骨を見れば、それがわかるよ。猫またぎってやつだ」

「肉も、よく食うよ」

男は、夕方と同じ作務衣姿だが、いかにも仕事をしているという感じで、紺の襷(たすき)をかけていた。

「俺のダチの漁師が、昨日、大きな真鯒を上げた。平目より、俺はいいと思って出している。二日目だからな、身は練れている」

練れている、という言い方を、割烹の主人からよく聞かされた。魚は、新しければいいというものではないと、私も経験なのか好みによるのか、思っている。

真鯆以外は、ごく普通の料理だと感じていた。私にも、作れそうだった。

「酒が自慢の土地だよ。そして、これは俺のリコメンド酒。ちょっと、手に入れにくいんだがね」

確かに、甘口とか辛口とか言うより、両方を備え持った深さがあった。

「どうだよ、その酒？」

「うまい。俺には、それしか言えないが」

「旨口。甘口の酒を、昔はそう言った。辛口なんざ、邪道だよ」

「それも、わからない。普段は、ワインかウイスキーを飲んでいるから」

男が、小鉢でなにか出した。海鼠（なまこ）の酢のものだったが、表面をこのこで覆ってあるので、束の間、なにを出されたのか考えた。

この男の料理は、こんなふうに虚仮威（こけおど）しなのかもしれない。

「あんた、プロの絵描きか？」

それで生活しているのがプロと言うなら、確かにそうだった。ただ、プロという言葉には、どこか馴染みにくいものがある。

「なんで、あんなのが描けるんだ？」

「あんなのって？」

「夕方の光。雲の間から、一瞬、射してくる光。それだけが、描かれていない。描かないことで、描く。そんな技があるんだな」

私は、あの絵を、宿の女将にやると言ったことが、正しいと思えた。この料理人にも見抜かれてしまう、ありふれた技法なのだ。

「駄目だなあ」

「なにが？」

「俺の、描写の技」

「生きて行く技が駄目より、ずっといいよ。俺は、こんな人生なんだ」

男は、無表情だった。しかしその下に、うんざりしたくなるほどの、表情を隠している。

「飲んでもいいかね？」

「勿論」

「俺は、カウンターの中で飲むよ。外に出て、あんたの隣に座ったら、嫌な絡み方をする。その時は、俺を蹴飛ばし、勘定だけ払って、帰ってくれないか」

男が紙片をカウンターに置いた。いくらか悲しくなるほどの数字が、小さく書かれていた。

釣りも領収書もいらないと言い、一万円札を私は置いた。

コップに注いだ酒を呷り、男は息を吐いて嗤った。馬鹿にされた、と私は感じた。

半分ほどに減っている一升壜を持ちあげ、私は男のコップになみなみと注いだ。自分のコップにも注いだ。

「うまい酒だろうが」

「味は、よくわからないんだ。ただ、ひとつわかったことがある。絵描きがこの街に住みついて、絵手紙の教室を開いた、と言っていたね」

「それが、なぜか居酒屋の親父をやってる」

「なぜかってことは、ないと思うが」

「自分の才能に見切りをつけた。公募展に二度入選したぐらいで、画家とは言えない」

「俺も、若いころ何度か応募したがね」

「美術団体の名前は、必要じゃなくなった画家か」

「生き方の問題だ、という気がする。表現はひとりでやるものだが、拠って立つ場を求める人もいる」

「利いたふうなことを言うね。いや、プロだからあたり前か」

才能に見切りはつけられる。そしてそれは、むごいことかもしれない、と私は思った。

「絵手紙の教室、続ければよかったのに」

「才能があると、毎日のように言われ続けるのは、それはそれでつらいものでね」

男の口調が、穏やかなものになった。コップを口に運ぶが、呷ろうとはしない。

「そんなことを言ってくれたのは、奥さんかい？」

「あんた、会ったはずだよ」

「なるほど。しかし、年齢が」

「俺より、七つ上でね。別居はしているが、離婚はしていない」

男が厨房を引き受ければ、長崎屋の状態はずいぶんよくなるだろう。

「ねじれてるのか」

「歪んでいるかもしれない。二十年かけて、そうなってきた」

私は、コップに酒を注いだ。男のコップには、まだ半分ほど残っている。

もしかすると、男はひそかに絵を描き続けているのかもしれない。絵とはそんなものだと、私はどこかで思っている。

「こっちに出てきて、飲まないか？」

男が、小さく頷いた。

女将にやった絵が、ねじれの中でどんな作用をするのか、束の間、私は考えた。

血液の成分

1

スケッチしたいと思うものが、室内にはひとつもなかった。

置いてある物は、無機的でありながら、色濃く人間を感じさせた。

私はシャツをたくしあげ、胸を出した。聴診器の冷たさを、胸の上部に感じた。しかし次に当てられたところでは、冷たさは消えていた。医師の言う通りに、私は大きく呼吸した。

心臓のところで、聴診器は停った。

それから、背中に当てられていった。

体調の異変を感じて、私は医師の前にいるわけではない。一週間前に受けた検査の結果を、聞きにきただけだった。検査結果を伝える前に診察というのは、医師の性格なのだろうか。

血圧も測られ、それから検査結果の紙が出された。

ただ数字が並んでいるだけだが、レントゲン写真など、モニターに出された。

医師の説明が続いた。血圧と血糖値、ヘモグロビンA1cがやや高いと、二個所の数字に丸がつけられた。全般的には、健康と呼んでいい部類らしい。

私がこういう検査を受けているのは、吉野に威されたからだ。躰を切り刻むとか、言葉が喋れなくなるとか、さまざまなことを並べられたが、生きているのだから、そういうことはいつでも起き得る、と思っただけだ。

ただ、脳梗塞になって、指がまったく動かなくなった小説家の話を聞いた時、私はどうにもならない恐怖感に襲われた。その小説家は、口は動くので口述というかたちをとっているという。

私は、なにもできない。脳のレベルが半分に下がったとしても、色とかたちで、なにか表現できる気がする。しかし指が動かなければ、頭にイメージが浮かんでは消えるだけなのだ。それは、拷問に等しいだろう。

医師が丸をつけた数値などに、私は大きな関心を持たなかった。

病院を出ると、私は駅まで歩くことをせず、タクシーを拾った。自宅の場所を告げかけ、その気にならず違う場所を口にした。それから、時間を確かめた。

映画館からは、人が出てくるところだった。二本かかっていて、一本ごとに人が出入りする。二本観るのも、勝手である。

私は、二番館と呼んでいた。ロードショーからいくらか遅れたものが、かかっているからである。

場内は、明るかった。次のものも見ようという客が、十二、三名残っている。暗くなるまで、私は腕を組んで眼を閉じていた。

新しい客が入ってくる気配が、わずかだがあった。流れていた音楽が途絶えた時、私は眼を開いた。十数名増えた座席が、束の間、眼に映り、場内は暗くなった。

本篇がはじまるまで、私はまた眼を閉じた。

時として、うんざりするほどの本数の予告篇が流れることがあるのだ。ほんとうなら、耳も塞いでいたいぐらいだった。

映画は、新聞記事の評論などは読むが、熱心に選ぶことはしない。どこかでなにかが交われば、それでいいのだ。偶然タイトルを憶えていたとか、好みの女優が出ているとか、そんなことだった。

映画館は、ほとんどここである。散歩のコースの選び方で、この前を通るのだ。

本篇がはじまったので、私は眼を開いた。アクション映画で、好みだった。普段なら、すぐに入りこむのだが、しばらく構図のとり方などを観ていた。そして眼を閉じた。

なにかが、臭っている。映画とは、関係なさそうだ。悪臭が漂っている、というのでもない。もっとかすかな、あるかなきかの臭いだった。

自分が発している臭いかもしれない、とふと思った。それと、病院の臭いに似ているような気がした。

私は病院帰りだが、その臭いがあったのかどうかよく思い出せない。病院と思ったのは、多分、もっと遠い記憶からだろう。

臭いが気になり続けて、映画に入りこめなかった。客観的に観ていると、アクション映画はいささか滑稽でもある。

終りまで観て、エンドロールの間に席を立ち、外へ出た。眩しいほどの光に満ちていれば、いっそ清々しいような気分になったかもしれないが、中途半端な暮れなずんだ空だった。

しばらく歩いて繁華な通りに出、三度ほど入ったことがある、小さな洋食屋の扉を押し、カウンターに腰を降ろした。顔は覚えられているらしく、シェフが小さく挨拶した。老夫婦らしい二人が、ささやかな商売をしているというところなのか。

私はスープとサラダと羊肉とパンを註文し、グラスで頼んだ赤ワインを飲みはじめた。

カウンターに座った時は残っているような気がしたが、ワインを口に入れると、臭いはきれいに消えていた。

「隣が、高いビルに建て替えになるんですよ」

カウンターの中の、店主が言った。シェフと呼びかけるが、食堂の親父という風情である。

「ビルに囲まれて、ぽつりと存在し続けるのも、いいもんでしょう」

「そんなふうに、言ってくれる人もいるけどね」

「家賃を、あげようとしたりしなけりゃいいけど」

「それがさ、早速、言ってきてるよ。あたしも、あと十年は保ちはしないから、このまま静かに、商いを続けたいけどね」

この店主があと十年なら、私はあと二十年あるかないかというところか。

私が嗅いだ臭いは、病院の消毒液のものではなく、そこから繋がっていく、別のなにかだったのではないのか。

出されたスープを、私は口に運んだ。

フロアにいる婦人の方は、話に加わってくることはなく、黒い焦げのついた鍋の底を、ひたすら洗い続けている。金束子かなにかを遣っているのか、音が硬質で粗かった。

この夫婦は、喧嘩でもしたのかもしれない。

私はスープを飲み干し、皿を返した。

2

女をクールダウンさせるために、バーに入った。出てきたホテルから、それほど遠くないところだ。

カウンターに腰を降ろし、酒の棚に眼をやった。好みのシングルモルトのスコッチが、何本か揃っている。

女は、甘口のカクテルを註文した。アルコールは強いはずだ。

かなり激しい交合を終えたところでは、喋ることはあまりなかった。

結婚している女で、ありふれた印象しかなかった。それが二年前からこんな関係になっている。ひと月かふた月に一度、ホテルへ行くのだ。

出会いは、ここと似たようなバーだった。

女は、ただ私が飲んでいるものに、関心を示したように見えた。一杯だけ、進呈しよう、と私は言った。酒を奢ることで、繋がりを作れるかもしれない、という女ではなかった。場違いとまでは言えないが、カウンターに沈んでいて、ただいるという感じだった。

女は私が奢った酒に、ちょっと口をつけた。ピート臭に驚いたような表情をし、それからふた口でショットグラスを飲み干した。

「いつも、こんなのを召しあがっているんですか」

「飲み続けていると、なぜかこの癖が快感になりましてね」

そんな会話を、交わしたような気がする。

お互いにひとり客だから、自然に言葉を交わした。女がもう一杯飲みたいと言い、私は声を出さずバーマンに合図した。

週に一度、女はその近辺のバーで、九時まで飲むのだと言った。私は、女の指さきの動きに、ちょっとだけ眼をやった。魅力というほどではないが、私はいくらか惹かれた。

もう一杯欲しいと女が言い、私は頷いた。空のグラスを前に出した女の手が、戻ってきた。それを受けるように私は手を摑み、指さきに触れた。束の間で、女はなんの反応も示さなかった。

次の酒を、女はひと息で飲んだ。

私は女の分も含めて、そこまでの勘定を払い、立ちあがった。店を出た私に、女はついてきたのだ。九時まで、一時間ほどあり、時間を潰したい、と言った。

そんなふうにしてはじまったが、それ以後は、ひたすら交合を続ける関係になった。

女は貪欲に快感を求め続ける。抱いていて感嘆するような躰ではないが、どこまで求め続けられるのか、と私は興味を持つようになった。

九時という、時間制限はある。亭主がどういう人間か、それでわずかに想像できる。私は勤め人と称したから、六時過ぎでないと時間を作れない。

二時間が、非現実の彩りを帯びるのが、私にとっての快感だった。

出されたウイスキーを、私はちびりと飲んだ。水割りを頼んだので、調合の具合を確かめたのだ。女は、ブルーの液体をしばらく見つめていた。

女がどんな酒を好きなのか、私はいまだにわかっていなかった。時によって、まったく違うものを頼んでいる。

「カクテルは、甘口がいいわね」

「この間、マティーニを飲んでいたような気がする」

「バーテンの顔が、マティーニだったのよ」

私は、苦笑した。

水割りの調合は、決まっていると私は思った。

はじめての店ではこんなことをやるが、口に出すわけではないので、勝手だろう。

女はカクテルを口に運び、眼を閉じて口に流しこんだ。

「甘味が足りない。砂糖は遣わなかったのかしら」

「パウダーシュガーを遣っていた」

「それでか」

「流儀ってやつさ」

女は三口で飲み干すと、マティーニを頼んだ。ほんとうは、辛口が好きなのかもしれない。

胸の内ポケットに、なにか入っていることに気づいた。

先日、病院に行った際に、渡された血液検査表だった。血は、わけのわからないこの数字でできているのだろう。

「なに？」

女が覗きこんできたので、検査表を渡した。女は、ひとつひとつ指で押さえながら、見ていった。

「一応は、健康でいらっしゃるじゃない」

「いろんな予兆が、隠れているらしい」

「男の人がひとりでいると、病気の時が心配なわけね」

「孤独に耐えられるのかな」

冗談を言ったつもりだったが、女は投げるように検査表を返してきた。

「言っておくけど、あたしに看病なんてさせないでね。寝たきりになって、その介護だなんて、絶対にいやだから」

「介護ったたって、俺と君は」

「あたし、いずれ結婚できるようになるのよ」

「いずれって、いつだ」

思わず、訊いていた。考えもしなかった方に話題が行っている。

考えてみると、つき合っている間、ほとんど会話らしい会話は交わさなかった。

「いつだか、はっきりわかるわけないじゃないの」

「そうか」

「だけど、もういやなの。あたしは、あたしの人生を生きたいの」

具体的なことは、なにもわからない。しかし、女の言葉の中から、見当がつけられる状態はいくつかあった。

週に一度の、九時までの自由。その中のほんのわずかな部分が、私との時間だった。

二時間の、非現実の彩り。それがあるとしたら、たじろぐほどの現実が裏側にはある。私は、低い声で笑った。

「なにか、おかしい？」

「いや、俺も甘いと思ってね。まったく、甘過ぎるな」

「でも、健康診断をしたわけでしょう。そして、問題なく健康だって言われたんでしょう。そんなふうに健康だとあたしに教えたかったのなら、一応の評価はできる」

「評価って」

「あたしが選択する時の、評価」

現実が、これでもかというほど降ってきて、私にまとわりついた。

私は、二杯目の水割りを頼んだ。これを飲んだあたりで、九時近くになる。

マティーニが出され、話は途切れた。

「それでも、考えたものよね」

女は、まだ話題を続けているようだ。

「血液検査表を見せるなんて、なにか説得力がありすぎるわよね」

私は、出てきた水割りを、半分ほど飲んだ。

あと数分だ、と思った。

マティーニを飲み干すと、女は立ちあがった。私は、手早く勘定を済ませた。

外は、いくらか冷えはじめている。

女をタクシーに乗せ、次に来た車に私も乗った。見馴れた街まで、十分ぐらいのものだった。自宅へ帰らず、私は車を降りた。

しばらく歩き、行きつけのバーの扉を押した。

ママがひとりと、女の子がひとり。女の子の方は、時々変る。

カウンターに座ると、私の名札がぶら下がったボトルが出された。

「なにか、面倒だな」

「なにが？」

ママが言う。

「自分が、孤独だって考えるのがさ」

「考えれば、面倒臭いよ。そして悟ったら、鼻持ちならない人間になるのよ。絵描きには無理だね」

「なんで、無理なんだよ？」

「絵描きだから」

「わかったような気分だ」

「一杯、貰うよ」

「よせよ。いまは元気でも、いずれどこかやられて、人の手が必要になる」

「その時は、その時じゃないの」

ママが、グラス二つに酒を注いだ。

文藝春秋の新刊
6
2024
「六月の庭」©大高有

◆発売日、定価は変更になる場合があります。
表示した価格は定価です。消費税は含まれています。

●若き桂冠詩人、初の詩集が待望の邦訳

わたしたちの担うもの

アマンダ・ゴーマン 鴻巣友季子訳

3年前、大統領就任式で世界を驚かせた若き桂冠詩人。パンデミックと分断の日々を尖りまくった表現で描き出す、驚愕の作品集が登場

◆6月26日
3245円
391866-2

●幸せなカップルに忍び寄る影……。古墳研究会新メンバーの正体は!?

やまとは恋のまほろば 7

浜谷みお

初めての彼氏と幸せな日々を送るぽっちゃり女子・穂乃香だが……。古墳研究会に新メンバー加入で、穏やかな日々に波乱の予感——!?

コミック
◆6月21日
792円
090175-9

●新たな友情が見つかる、第2巻!

佐々田は友達 2

スタニング沢村

高校2年生の佐々田絵美。少しずつ自分の願望が明らかになってきて……。いつか「おじさん」になりたい〝私〟の、自分探しの物語

コミック
◆6月20日
792円
090176-6

●いつだって、彼は無責任

逃げるA

坂井恵理

マッチングアプリを楽しんでいる29歳の編集者・あやか。一番良い〝物件〟と思っていた安藤という男性は、避妊すらしようとせず……

コミック
◆6月20日
803円
090177-3

曹操に愛された、知られざる名将たち

三国志名臣列伝 魏篇

宮城谷昌光

803円
792225-2

若き総理候補が誰かの操り人形だったら？ 人の心の闇に迫るミステリー

笑うマトリョーシカ

早見和真

968円
792226-9

今を時めく警察小説の書き手が紡ぐ、傑作短篇集第2弾！

戸惑いの捜査線

警察小説アンソロジー

佐々木譲 乃南アサ 松嶋智左 大山誠一郎
長岡弘樹 櫛木理宇 今野敏

880円
792230-6

こんな美しい日に、私は息子を殺すのだ

夜叉の都

伊東潤

1100円
792232-0

元風烈廻りの与力が活躍する好評シリーズ第10弾！

武士の流儀（十）

稲葉稔

858円
792233-7

葉室麟、絶賛！「島原の乱」開戦前夜

地上の星

村木嵐

825円
792234-4

ファンタジーの新鋭誕生！ 松本清張賞受賞作

凍る草原に絵は溶ける

7円
235-1

開花

1

駅の方へは行かず、私は大通りに出て、そのまま歩きはじめた。

店などはなく、ちょっと明るいところには、飲物の自動販売機があった。冷えたお茶を、一本買った。

まだ宵の口で、ビルのオフィスの明りは多い。歩きながら、私は蓋をひねった。掌の冷たさが、心地よかった。

いくらか、酒を飲んでいる。知り合いの同業者の、個展だった。オープニングのレセプションだから、酒などが並んでいたのだ。

私はその画廊に三度行ったことがあったが、いつも駅にむかって迷うことはなかった。違う方向に歩いたのは、絵がいくらか私を驚かせたからか。

技倆(ぎりょう)があがった。別のものも、あがった。私より、八歳年長の画家である。何歳になろうと、変化はする。その過程で、なにかがあがった、と感じることはあるだろう。しかし、技倆があがることがあるのだろうか。

もともと、技巧的な画家だった。それをあからさまに感じさせる画風だ、とも思っていた。それが、技巧を感じさせない絵になっていた。だから、技倆があがったのだ。

言葉では表わしにくいなにかがあがったから、技倆がそれに伴ったのか。

自分の絵のことではない。考えることに、どれほどの意味があるのだろうか。しかし私は、感じた驚きを、頭の中でうまく覆い隠せなくなっていた。

お茶を、のどに流しこんだ。陽が落ちても、まだ日中の熱気は残っている。夏の終りだった。

秋が深まったころ、私は吉野の画廊で個展を開くことになっていた。それができるだけの絵を、吉野は数年でためこんだ。

私がやらなければならないことは、なにもないと言える。ただ、私は展示する作品の中に、もう一枚加えたいと思っていた。

いま吉野が抱えている作品だけでいい、と私は思っていないようだった。

人通りが絶えるような時間ではなく、帰宅途中らしい人や、犬を連れた人などと、しばしば擦れ違った。しかし、店が並んだ通りと較べると、仄暗さが際立っている。

お茶を飲む。はじめの冷たさは、もうなくなっていた。全身に汗が滲(にじ)み出しているが、これ以上飲みたいとは思わなくなった。

前方の歩道に、人がひとりもいないことに、不意に気づいた。不安に似たものがこみあげ、私は立ち止まり、ふり返った。後方には、夜に消えていきそうな背中が、ひとつ小さく見えるだけだった。

アウターの右ポケットから、小型のタオルを出して、汗を拭った。ハンカチが好きではなく、いつもそれを遣っている。左のポケットには、小さなスケッチブックと鉛筆だった。なにかをスケッチするということはあまりないので、気安めのようなものだ。

私は、車が行き交う道路の方に眼をやった。車は多く、次々にヘッドライトの光が通りすぎていく。片側が三車線ある、幹線道路だった。

いきなり、バスが眼の前を走り去った。車内の明るさを、異様なものと私は感じていた。眼を閉じると、耳の中で車の音が増幅された。汗を拭い、お茶を飲み、私は人の姿がない歩道を歩きはじめた。

街灯はある。ビルの明りもある。闇というほどではない。しかし私は、山中の濃い暗さより深いと感じた。

どこまでも人の姿がないなどということは、都会ではあり得ないだろう。実際、どこから か女の笑い声が聞えてきた。しばらく歩くと、脇の道から三人出てきた。

私は、その道に入った。歩道はないが、路地と言うほどでもない。しばらく歩いてから、私はふり返った。道の出口の先で、光が交錯している。バスの車内の明るさなどなく、めぐるしいだけだった。

お茶を飲んだ。シャツが、汗で肌に張りついている。

画廊がある場所は、下町と呼ばれ、かなり繁華な街並みだった。そこから、二、三十分歩いてきたところだ。そして、予期しない場所に、入りこもうとしているのかもしれない。両側が、ビルではなく民家になってきたのだ。庭などはなく、軒が道に突き出しているような家ばかりだった。

そして、明りがついている家が多かった。人の気配もある。道は突き当たりになり、左右に同じような道が続いていた。

私の技倆は、あがるのだろうか。技倆ではないなにかも、あがるのだろうか。

右の方の道に入った。かなり離れているが、人影らしいものが見えていた。その人影に達する前に、家から男が出てきて、無言で私と擦れ違った。

四年前の個展で、私は死を描く画家と評された。さまざまな評があったが、それが最も頭に残っている。死を具象として捉えきれたら、そこに命というものも浮かびあがってくるはずだ。

絵を描くのではなく、言葉を吐き出していた、といまは思う。言葉にできる絵に、どれほどの意味があるのか、あの時は考えなかった。

時々、私は観念の中に迷いこむ。こんなふうにして、歩いているようにだ。言葉ではないものが見つかるのか、ただ観念を打ち砕くのか。運任せのようにしてきた、という気がする。

お茶を飲み、額から首筋まで、タオルで拭った。お茶を飲み続けているから、汗も出続けるのだ。そんなことを考えた。

人影が、近くなってきた。

軒下に腰を降ろしているが、涼んでいるわけではないだろう。耳鳴りのように持続している音の正体に、私はようやく気づいた。エアコンの、室外機の音である。どの家も、全開で回して、窓を閉め切っているのだ。外に出てくる人も、少ない。

私は足を止め、お茶を飲んで汗を拭った。

2

竹の縁台の端に、老女が腰を降ろしていた。

そばに陶器の灰皿が置いてあり、折れ曲がった吸殻が見えるが、喫煙のために出てきたのではない、と私は思った。吸殻に、硬くなってしまっている感じがある。

気づくと、私は立ち止まっていた。

「夕顔ですか？」

私は、声をかけた。

老女は私に一瞥をくれ、また鉢植の方に眼を戻した。

「夜顔だよ」

老女が、短く言う。

むき合っている鉢植は、緑の葉が盛りあがっていて、はじめは人影が二つあるように見えた。

「朝だって昼だって、どうでもいいようなもんだけど、三つが同じ種類で、夕顔だけ違うもんだって。これをくれた人が、教えてくれた」

私が立っているのを、老女は嫌がっているようではなかった。

「もうすぐ、開くのですね」

「すぐだね。ほら、これ」

老女の指は、躰つきに較べて、無骨と形容したくなるほど太く曲がっている。手が大きいことも、あるのかもしれない。

「見ていていいですか？」

「いいよ。ひとりじゃ勿体ない」

「できれば、スケッチもしたいな」

「それ、写生ってことかい？」

私は頷き、ポケットからスケッチブックを出した。

私は、鉛筆を走らせた。蕾（つぼみ）がついている部分だけである。二枚、描いた。

「なんだか、手際がいいんだね。素人離れしているよ」

「ただの写生ですよ。描きたくなるもの、滅多に見つからないけど、今夜のようなこともあるんだな」

「そろそろ、黙ろうか。話してると、恥ずかしがって、開かないかもしれない」

老女が、縁台の端を指さしたので、私は腰を降ろした。

人通りがない。偶然なのか、いつものことなのか。無言でいると、空気が濃密になったように感じた。

かすかに、蕾が動いた。あるかなきかだが、確かに動いている。捩（ね）じったような状態の蕾が、捩れを戻している。

私は、ただ見入っていた。眼の前の蕾の動きに、意味などつけるのはやめよう、と思った。ただ、開こうとしている。夜顔も薔薇も、蕾は開くものだ。

老女が、ひとつ咳をした。

街の音は遠くに聞えていたが、咳をきっかけに、周囲が無音になったような気がした。

私は、掌の中の鉛筆を、ちょっと動かした。それさえ、雑な音が出ると思った。

蕾は、捩れが戻った状態になった。かなり動いたのだ。

棒状の蕾の、真中あたりが膨らんだ。膨らみ続け、先端が割れると、音を立てるように開いた。

開ききったのを確かめてから、私はスケッチの白い部分に鉛筆を走らせた。開きかけと、開いた花を描く。

「うまいもんだね、ほんとに」

老女が言った。

描き終ると、私は夜顔に関心を失った。

老女が、マッチで煙草に火をつけた。火薬の臭いが、私のところまで流れてきた。

「図画の成績、よかっただろう」

「まあまあですかね。これから先、もうどうにも変らない」

「変るって、あんた、それで充分じゃないのかい。そうか、しおれたところも、描きたいってか」

「やっぱり、花は開いたところですかね」

行き違いはじめた話を、私はそこで切った。

「ここ、駅からは遠いですよね」

「駅って、そこじゃないか。歩いて三分ってとこかね」

老女が言ったのは、画廊がある町の隣の駅だった。

「そうか、ずいぶん歩いたんだな」

私が、画廊のある町の名を言うと、煙を吐きながら老女が笑った。

「まあ、照りつけてる最中じゃないからね」

「それでも暑くて、汗をかきましたよ。ここに座らせて貰って、やっと汗がひきました」

「確かに、蒸してるわね」

「いいものを見たし、歩いた甲斐があったということかな」

「いいものったってね、明るくなりゃしぼんじまうんだよ」

「だから、実際に見るのは、貴重なことだと思いますよ」

「それにしても、絵うまいよ、あんた」

私は苦笑し、スケッチブックをポケットに入れた。

腰をあげようとした時、少年が道に飛び出してきた。犬を連れている。犬種はわからないが、猫よりいくらか大きい、白い犬だ。

「咲いたの？」

私の顔をちらりと見て、老女にむかって言った。老女は、煙草を挟んだ指を、花の方にむけた。少年は、ちょっとだけ顔を近づけて花を見た。

「持ってて」

少年が、犬のリードを老女に差し出した。老女は煙草を消し、受け取った。

少年が、路地に飛びこんでいく。

「お孫さん？」

「小学校の、三年生。犬の散歩をさせるのが、仕事でね」

「夜になってからですか」

「昼間はね、道が熱すぎるのよ。犬の躰、人間よりずっと路面に近いからね。すぐにバテちゃうの」

「そんなもんですか」

「犬、飼ったことないんだね」

子供のころ、産まれたての仔猫を、友だちが捨てているのを見た。猫は五匹いて、鳴いていた。歯がない口が、別のもののようだった。

港の防潮堤のはなの、漁船が出入りするところである。友だちは、鳴いている仔猫を摑むと、一匹ずつそこに投げた。鳶が舞い降りてきて、それを攫っていく。鳶が摑んだのを確かめてから、次の一匹を投げるのだ。

現実ではないような、光景だった。

猫が仔を産むと、一匹だけ残してこうやって捨てる、と友だちは言った。

私は家へ帰り、独りになって泣いた。この涙はなんなのだ、と思いながら泣いていたのを、ぼんやりと憶えている。

あの光景だけは、いまも鮮やかに思い出す。鳶の足が、海面を打つ音も蘇えるほどだ。

「飼ってみると、かわいいもんさ。いまじゃ、家の中にいて、家族だからね」

老女は、白い犬の躰に手をやった。

犬が、私に鼻を近づけてくる。私は、じっとそれを見ていた。

「犬が嫌いな人は、ここで立ちあがるけどね」

「嫌いではありません。関心がないというのかな」

動物の骨は、ずいぶんと描いた。生きた動物を、描きたいと思ったことはない。骨はただのオブジェで、だからすでに私のものなのである。

少年が、戻ってきた。縄跳びのロープを持っている。

「何回？」

老女が言った。五十回、と少年は言った。それから縄跳びをはじめ、老女は声に出して数えた。

少年が、老女の手からリードをひったくると、駈け去って行った。五十回、続けて跳べた。その高揚が、躰の動きに出ていた。

「友だちはみんな跳べるのに、あの子はできなかった。やっとできるようになって、あんたに見せたかったんだね。いまは、二重跳びとかいうので、子供なりに苦労してる」

立ちあがった。家の明りが、眼に飛びこんでくる。さっき眼の前を通り過ぎたバスの車内の明るさと重なり、私は、束の間、たじろいだ。

「ありがとうございます」

白い花を指さして、私は言った。笑いを返した老女の、歯の異様な白さに、私の眼がひきつけられていた。

耳石

1

しばしば、料理をする。

趣味だと人には言うが、どこかに切実なところがある、と思うこともあった。

私は、カレーを掻き回していた。野菜数種類と肉があれば、わずかな間にできてしまうものだが、これはきのうから火を入れては掻き回すことを、くり返している。

その間、ほかのものは作らず、冷凍食品を食い続けた。

掻き回しているのは木の篦（へら）で、濃厚になったルーが層をなして付着している。それを時々、鍋の縁で刮（こそ）げ落とすのだ。落としたものは、かたまりになっているので、それが周囲と馴染んで溶けるまで、掻き回し続ける。

篦を握った掌で感じるだけなのだが、ここでいいと思う時がある。火は落としてしまわず、ぎりぎりまで小さくして、蓋をする。それでも焦げつくので、時々、掻き回す。

米を研ぎ、炊飯器のスイッチを入れた。

これほどの手間をかけても、二食、腹に入れるのがせいぜいだった。かなりの量が余ってしまい、棄(す)てることになる。

シンクに鍋を置いて、家事代行の女性に、処分してくれと言う。三人で交替で回しているようだが、その中のひとりに、貰っていいかと言われたことがあった。私は黙って頷いたが、次にその女性が来た時、カレーのお礼だと、いささか高級そうな薤漬(らっきょうづけ)を貰った。

なんのために、これほどの量のカレーを作っているのか、考えたことはない。棄てずに冷凍しておけばよさそうなものだが、それでは次がなかなか作れないのだ。

カレーだけでなく、さまざまなシチューやポトフや牛すじの煮こみなども作る。肉は、安直にスーパーのものを買うのではなく、専門店から取り寄せる。ほとんどがステーキ肉で、臑肉(すねにく)やタンなども遣う。そして、一食か二食なのだ。タンを一本買うと、一キロを軽く超える。さすがに無駄が多いと感じ、切り分けて冷凍にして、別の料理の材料にする。

ある時、料理をしている間は、絵のことを忘れていられる、と気づいた。料理があってよかった、と私は思った。料理をしないと考えると、最も私が陥りやすいのは、アルコールやセックスの依存症だろう。

それで描ける絵が、どんなものかは想像がつかない。

チャイムが鳴ったので、私は吠えるように一声あげた。

それだけで、吉野は家に入ってきた。

「そろそろ、案内状を印刷したい」

私の個展は、十月十八日が初日だった。

煩雑な用事は、すべて吉野がやっている。私は多分、初日のレセプションで、ひと言かふた言、挨拶すればいいだけだろう。

美術評論家や記者の質問は、私ではない私が、無難に答える。そして吉野の、営業用の難しい言葉が、私の言ったことに意味を持たせる。

「案内状に刷りこむのは、人形の絵にしたい」

「あの絵が、好きなんだね」

「自分の好みで、俺がそんなものを作ると思うかい、先生。絵を買いたいという人間の、眼を惹きつけそうなもの。つまり商売を考えると、あれが浮かぶんだよ」

「まあ、好きにしてくれ。すでに描いた絵しか、遣えないんだし」

私はマグカップを二つ出し、昼食の時に淹れたコーヒーの、残りを注いだ。

「いい匂いだな、これは」

コーヒーのことではなく、カレーの放っている匂いを、吉野は言ったようだ。

「たまらんな。忙しくて、昼めしを抜いちまったんだ」

「食おうか。飯も炊けてる」

「夕食にはちょっと早いが、猛烈に腹が減ってるんだ。嬉しいよ」

私は、冷蔵庫からステーキ用の肉を出し、熱したフライパンに載せた。

途中で休ませながら、両面を丁寧に焼いた。

二百グラムほどの肉を、薄くスライスする。

吉野がキッチンに入ってきて、私が指さした食器棚からカレーの皿を二枚出した。

私は皿に飯を盛り、スライスした肉を置き、カレーのルーをたっぷりとかけた。

吉野が、グラスに氷を入れ、水を満たした。

黙々と、食うはずだった。

「おう、なんだよ、これは」

ふた口目で、吉野が言う。それから、大口をあけて、掻きこむように平らげた。

皿を持ち、炊飯器の方へ行った。

「吉野さん、二皿目は、ルーだけだよ。肉はもうないんだ」

「このルーさ」

吉野は、水を飲みながら、二皿目も平らげた。カレー粉か、と吉野が呟いている。私は、やっと食い終えた。

「おい、レシピを教えてくれ。カレー粉も、自分で作っているんだろう？」

「カレー好きだったのか」

「言わなかったか。カレー屋を歩き回った過去がある」

私は、皿をシンクに置いた。明日、家事代行の女性がきて、洗ってくれる。

「勿体ぶるなよ、先生。香料の種類は？」

「よしてくれよ。相当の数を使っているだろう。なにしろ市販のルーだから、大量に作れるはずだよ。香料だって、鍋一杯じゃ使いきれないものが、大きなタンクの中じゃいくらでもって感じだろうな」

「これが、市販のルーだって」

「そうだよ。俺のカレーは、市販のルーで、しかし、水を入れていない」

「なにを言ってる」

「いや、肉を煮たりすることがある。煮汁は、脂を除去し、煮つめて冷凍にしておく。野菜のスープを作ることがあり、何種類か煮てジュースにするが、煮汁は棄てずにやはり冷凍。これは脂が出ないから、手間などまったくかからない」

「肉の煮汁の脂の、除去の方法は？」

「鍋ごと、冷蔵庫に入れておくさ」

「なるほど。表面で白くかたまるのだな」

「俺のカレーは、そんなものなんだよ。ただ、二日、あるいは三日、火を入れては十分ばかり掻き回し、寝かせる。それをまあ、十度ぐらいくり返すかな」

「絶妙だと思う。商売気のないカレーだ。それだけ手を入れれば、辛さもいくらか遅れて来るね」

額に汗を浮かべた吉野が、グラスの水を飲み干した。

「少し貰っていいかい。女房に作らせるが、食ってみないと信用しないだろうし」

「全部、持って行ってくれていい」

「なぜ。せっかく作ったのに」

「飽きた」

「ふうん。いかにも先生らしいが、食いもののことだからな。全部、貰う」

私は、容器のある場所を教えた。

吉野はすぐに、その容器に鍋の中身を移した。葉巻の煙を吐きながら、私は笑った。

「なにかおかしいか？」

「奥さんと、食うわけだろう。吉野さんの家庭を、ちょっと想像してみただけさ」

吉野は肩を竦め、鍋をシンクに置き、勢いよく水を出した。

「前から言おうと思っていたが、シンクに置く食器は、水を入れておいた方がいい」

吉野は、居間にあるヒュミドールから、葉巻を出して吸口を切り、眉間に皺を寄せながら、マッチで火をつけた。

2

鰺のタタキを食った。続いて、車エビの刺身を頼み、甘鯛の頭を焼いてくれ、と言った。それが出てくる間に、ビールを一本、日本酒を二合飲んだ。

「時々、過激な飲み食いをするよね、先生は」

「過激と言うのか。無茶、が正しい言葉だ」

カウンターの中の料理人とは、もう十二、三年のつき合いになる。料亭というのは好きではなく、料理人と顔をつき合わせているのが、馴染んだやり方になっていた。

三本目の銚子を前に置いて、私は甘鯛の頭をしゃぶりはじめた。先の細い箸で、頭の複雑な骨の襞の身まで突っつけるが、それだけではやめず、両手で頭の骨を持つ。吸う力を加えたりしながら、時々、嚙むのだ。すると骨は、いくつかに分かれてくる。

魚の脳の中には、耳石（じせき）という、骨とはまったく分離した状態の白い石があり、それをうまく出すと、皿の端に置いて、じっと眺めたりする。

どう見ても、骨の色とはまったく違う、純粋な白だ、と私は感じていた。口の中に、甘鯛の耳石があった。それは本物の石のようで、骨の歯触りとはやはり違っていた。魚は、震動を耳石で受け、つまりそれが聴覚ということらしい。

二つ出てきた耳石を眺めながら、私は三本目を空けた。

「先生、結構、飲んでますからね」

勘定と呟いた私にむかって、料理人が言った。

「説教するのかい？」

言いながら、私は耳石をポケットに入れた。

「説教なんて、そんな。心配しているだけです」

「自分の心配をしてろ」

私は、一万円札をカウンターに置いた。

カードは持っている。それを意識した時は遣うが、しばしば忘れて、現金で払ってしまう。そういうことはやめてくれと吉野は言ったが、勝手だろうと私は思っていた。

税理士は、煩雑な納税の事務を代行してくれるので、吉野の紹介で依頼している。

書類を前にして、税理士はさまざまな説明をする。髭の剃り跡の濃いその男を、私は嫌いではなかった。人生が、ただ空虚なのだということを、表情で感じさせる。家事代行の女性たちと、どこか似たものも感じてしまう。

店を出ると、私は繁華な通りの方へむかった。

二軒のバーでウイスキーを飲み、三軒目は、声の低い女装のママがいる店だった。

「あんたさ、女と別れたの？」

「そんなふうに見えるのか」

「寂しいの？」

「それはそうだが、女と別れたわけではない」

「なら、複雑だね。女と別れてもいないのに寂しいのなら、あたしにはどうしてやりようもないよ」

「頼んじゃいないさ」

「だね。一緒に飲むぐらいだ。奢ってくれる、おじさん？」

「気に食わねえな。言い直せ」

「お兄さん」

「よし、乾杯しようか」

私はカウンター越しに、ママと乾杯して、グラスを置いた。

「お兄さんさ。酔いたい時に、あたしのところへ来たの、正解だよ」

「人生に、正解なんてあるかよ」

「人生の悩みなの？」

「いや、仕事だ」

「じゃ、半分以下だ。もうちょっと飲むと、消えちまうもんだね」

何度か、乾杯をくり返した。

「おい」

「やめなよ、お兄さん。あたしは、女だって扱われたがっている、男だから」

「そうなのか」

「あたしの人生が、そうなのさ」

「気の利いたことを、言うじゃないか」

「お兄さん、ものを書いたりするような、商売じゃないね」

「なんでだ？」

「言葉が、安直すぎるよ」

「絵は、描くんだ」

「絵ね。わかるような気がする。才能あるよ。悩んでる時、うちへ来て、あたしと乾杯してるんだ。大した勘定にはならない」

それから私は、財布を出した。一万円札を三枚、ママは抜き取った。二十枚と三十枚の間ぐらいなら、常に入れている。

ママと口づけをしようとして、頬を張られたような記憶がある。ママと一緒に外へ出て、行く先をきちんと言うんだよ、という言葉とともに、タクシーの車内に押しこめられたような気がする。

行先は、きちんと言えたのだろう。

私は、自分のベッドの中にいた。右手には、なぜかステンレスの包丁を握っていた。

死のうとしたのか、と考えたが、実感はまるでなかった。

なんなんだ。

声に出して、呟いた。

私は、なにを切ろうとしたのか。手首か。私のまわりに集まってくる、顔のない客達ののどぶえか。

立ちあがった。服を着たままで、それは汗で湿っているようだった。

アトリエへ行った。

絵が、床に放り出されている。

私はそれを手にとった。色遣い。鮮やかなものだ。達者にやりすぎたのか。色が表わすものが、鈍くなっていないか。

キャンバスは、切り裂かれていない。

私は、手首を切りたいわけでも、幻に刃をむけようとしたわけでもない。

絵を、切ろうとしたのだ。この世から、消してしまおうと思ったことを、ぼんやりだが思い出した。

描き終え、三日経って見つめ直し、そしてひどい気分になった。

外へ出て酒を飲んだのは、その気分から逃れるためだったのか。少なくとも家を出た時、絵を切り裂こうという考えなどなかった。

無茶な飲み方をしていたが、途切れ途切れでも記憶は残っていた。靴を脱ぎ、階段をあがった。いや、その前に、なにかしたか。

自分の人生を切るように、絵を切り裂くことなど、私にはできはしない。包丁を持って二階にあがったのは、恰好だけだったのだろう。どうであろうと、いまここにある絵が、自分だと思うしかない。

この絵をどうするか、私は考えはじめた。

描いた以上、吉野に渡すことになるのだろうか。画商が喜びそうな仕上がりだった。

私は、服のポケットのものを、全部ベッドサイドのテーブルに出した。なにかおかしなものが、ポケットの底に残っている。

耳石だった。鮮やかな石の白さが、キャンバスの白さと同じように見えた。

爪先

1

口だけ動いていて、声が聞えなかった。

眼の前にいるのは、高齢の美術評論家で、私は手を前に組んで立っていた。声が聞えなかったのは、数秒だろう。すべてのもの音が消えた、とは感じていなかった。同じ状態が再び起きるということはなく、確かめようはなかった。私は、頭を下げた。じゃ、という言葉が耳に残っている。

個展のレセプションである。次から次に、私は話しかけられた。評論家や記者は、吉野が連れてくる。

こんな時、もうひとりの自分になるのだ。そのスイッチのようなものは、大抵ある。いまならば、絵のタイトルを記した札に張りつけられている、赤い丸。つまり売約済の印だ。四十一点出したうちの、二十点にそれが張られている。

ほかに、十五点に青い丸がついている。それは折衝中ということだ。

今日が初日で、その印はすべて今日張られたものだが、十五点は昨日の内覧で予約が入ったことになっている。吉野画廊の顧客が内覧に呼ばれ、そういう役割を果たす。内覧では、絵は販売しないのである。

折衝は、会期の終りまで続けられ、値が跳ねあがる。吉野が考え出した、儲けの手口だった。前回の個展では、折衝中は三点だったので、吉野はずいぶんと強気になっている。

私の頭の中に数字が去来すると、もうひとりの自分になるのだ。つまり、総額でいくら私に入ってくるか、計算している。

私は、いま住んでいる家の土地を、貿易商だった父から残されたが、ほんとうに受け継いだのは、数字に対する綿密さかもしれなかった。

吉野の妻が、老婦人をひとり連れてきた。

「先生、いまあれを、お買いあげいただきました。雰囲気が、とてもよく伝わってくる、とおっしゃっていただきました」

樹木と牛の頭の骨。幹の粗い手触りを、描こうとした。そして、骨は実際より滑らかに。三年ほど前の作品で、モチーフも構図も、考え抜いた。

「あれは、私の密かな自信作なのですよ」

小声で言った。靴の中で、ちょっと足の指を動かした。

「では、幸運をいただいたのですね。ほんとうは裸婦像の折衝に加わりたかったのですが、かなりお高くなっているようで。私は、先生の絵に静かで暗い雰囲気を感じて、それが孤独を慰めてくれるような気がするのです」

私は言葉を見失って、小さく頭を下げた。

老婦人が会釈し、背中をむけた。次に私と喋ろうという人が、待っていた。

私は、靴の中で、足先を動かした。

新しい靴である。買ったのは数日前で、履くのは、今日がはじめてだった。

足に合っていないわけではない。ただ、右側の方に、なにか入っているような気がする。

石ほどに硬いものではなく、痛みとは無縁な違和感があった。

肩に手をかけられた。ふり返ると、吉野の無表情な顔があった。

「今夜、一緒に酒を飲みたいな、先生」

「客の相手は」

「今夜は、特定の客の相手はやめようと思う」

「そうなのか」

「完売したよ、さっき。初日で、こうなるとはな。ニュースだ、これは」

私は、小さく頷いた。吉野が破顔する。

それからも、小一時間、私は人と語り続けた。老婦人の姿を捜したが、帰ってしまったのか見つからなかった。

吉野と、近くのレストランまで歩いた時は、八時を過ぎていた。フランス料理で名の知れたその店に入るのは、私ははじめてだったが、吉野は常連のようだった。

「まず、乾杯だ。通俗的なやり方だと、先生は言うだろうがね」

あらかじめ註文してあったのか、冷やした高級なシャンパンが運ばれてくる。

「四十一点は、少なかったのかもしれん」

「数も含めて、それが俺のいまの実力だよ」

「まあ、そう言うのだろうな。先生は画家で、俺は商売人だ」

折衝中の十五点は、会期の終りにはっきりと値がつく。売れていなくても折衝中というのはあるようだが、それも商売のやり方なのだろう。

靴の先に、まだ違和感が残っている。

出る前に、社長室で一度脱ぎ、なにも入っていないことは確かめた。

「昔ながらの画家と画商の関係ではなくて、よかったと思ったよ」

いまもなくなってはいないだろうが、画商が画家の生活まで含めて、面倒を看る。そして絵が売れた場合は、画商の取り分は異常に大きな割合になる。

私の場合は、すべて契約だった。

三十代の前半に、違う場所にあった吉野画廊で最初の個展を開いた。その時の諸費用は、吉野ではなく、私の父が出してくれた。そして弁護士をつけて、まるで貿易をやるような契約書を作らせたのだ。

ワインは、私が選んだ。

三十代の終りに、一年間、パリで暮らした。

そこで飲んだのは安いワインで、ラベルの読み方などを覚えたのは、帰国してからだった。

画家の辿りそうな道を、なにも考えずに辿ってきた。父には、最初の個展で、世話になった。ほんとうは貿易商を継がせたかったのだろうが、それは私が二十代の後半に入ると諦めたようだ。

「先生、あの契約書があるんで、俺はあんたにそれほど入れこまずに済んだ。そして長くつき合えた。昔ながらの関係なら、いまごろ俺が捨てられたな」

「吉野さんを疎ましいと思ったことはあるよ、正直」

「だろうな。俺も、生意気な画家だ、と思うことがあった。いや、わがままか」

「俺のような世間知らずと、よく我慢してつき合ってくれたものだよ。いまは、感謝しているのかもしれない」

吉野が、小さく首を振った。

会場で、私はずっとシャンパンを飲み続けていたが、酒好きの吉野は、一滴も飲んでいなかった。二本目は俺が選ぶよ、と吉野が言った。

2

家事代行の女性が駈けあがってきて、来客だと告げた。

降りていくと、玄関に老婦人が立っていた。

私は上がるように勧め、家事代行の女性にお茶を出しておいてくれと頼んだ。

木炭を遣っていたので、指さきにいくらか汚れた感じがある。見た目にはわからないが、私は洗面所へ行き、指さきをブラシで洗った。水気を取り、クリームを塗る。

居間に行き、老婦人に絵を買ってくれた礼を言おうとした。それより先に、個展が終ってから送った二枚の素描について、立ちあがって礼を言われた。

「なぜ素描を送ってくださったのか、私、先生のお気持を知りたくて、お訪ねしてしまいましたの」

「お買い上げいただいた、お礼のつもりでした」

「普通は考えられないことだ、と吉野社長はおっしゃいました。その気になれば、素描は別に売ることができるとも」

「素描を売ったことは、ありません」

「人に差しあげたりは」

「それも、しません」

「では、なぜ？」

「話している間に、そういう気分になったのでしょう。自分では、そう思えます」

「ふた言、三言ですわ、交わしたのは」

家事代行の女性が、かしこまって紅茶を運んできた。私の分もある。手の仕草で、勧めた。

老婦人は、受け皿ごと持ちあげ、口をつけた。たおやかな挙措だった。

「孤独を慰めてくれる、とおっしゃいました。癒してくれるではなく」

「同じような言葉でも、ちょっと違うという気がしていました」

「静かで暗い情念、ともおっしゃいました」

「雰囲気です。先生は情念で描かれたのでしょうが、私はそんな感じ方をしたのです」

老婦人は、もう一度紅茶に口をつけ、テーブルに戻した。ミルクも檸檬も砂糖も、出ていない。いらないと老婦人は言ったのだろう。

「もうひとつだけ。密かな自信作と申しあげてしまったのを、いくらか悔んでいました。リップサービスをしてしまいました。密かであろうとなかろうと、私に自信作はありません。駄作を描き続けてきた、と思うことがあるほどですよ」

「密かって、面白い言葉ですわね。それだけで、ほんとうのように聞えます」

老婦人は歌人なのだ、と吉野は言った。礼状を書くと言って、住所を訊いた時だ。それ以上のことは、知らない。

私は、紅茶を口に運んだ。普段、飲むことはないが、家事代行で揃えるものは揃えているようだ。

「絵について、言葉でなにか言うのは、無意味なのですがね」

「私も、孤独などと言ってしまいました」

素描を送る時、一筆箋を添えた。絵とともにお愉しみください、とだけ書いた。考えてみれば、不審な思いに襲われるのが、あたり前かもしれない。

右足の先にあった違和感を、なんとなく思い出した。靴を履いていなくても、個展の会期中はよく蘇った。

「私、素描をお返ししようと思って、持って参りましたの」

老婦人のバッグが、平たく大きいことに気づいた。そこから、二枚重ねた厚紙が二つ出された。

私が送った時と、留めているテープの色が違っている。

「どういう意味でしょう？」

「気軽に戴（いただ）いてはいけないものだ、と考えたのです」

「気軽なものですよ。お気に召さなければ、破棄していただいていいものでした」

むっとしたわけではない。白々しい気分に襲われただけだ。

「私が、破棄いたしましょうか」

「破棄なんて、そんな。私が言い出さなければ、これは世の中に残ったものでしょう」

「わかりませんが、絵を描いてしまった以上、私にはほとんど価値のないものです」

「あら」

老婦人が、若い女のような声を出した。

「気分を害されてしまいましたか。そんな気、ほんとにないんです。なぜお返しするか、理由をきちんと説明すべきですわね」

骨の素描が、生々しすぎる。絵の方ではディフォルメされて、白い石の彫刻のようにも見えるのに、素描では骨であることが剝き出しになっている。そしてそれが、心の中にあるものを、強く刺激するのだ、と老婦人は言った。

　私が想像したより深いところで、絵と素描を感じているようだった。白々しい気分を、私は拭い消した。

「素描はいけませんね、確かに」

「いえ、樹木の幹の素描は、とても好きです。なにか、絨毯みたいにやわらかくて」

　樹木の幹を、手で触れた感じで描こうとした。素描の方が粗いタッチのはずだが、骨ほどのディフォルメはない。

「よくわかりました。気分を害したわけではありませんが、絵の方も引き取りましょうか、と言いそうでしたよ」

「あれは、お返しなんかできません。完売だと、吉野社長は言っておられましたわ。私は、運がよかったんですもの」

「余計なものを、送りつけてしまいました」

「私、樹の方は好きで、手放したくないと思ったのですが」

　棄ててしまえばよかったのに、そうしなかった。私は、それを喜ぶべきだろう。

「骨の方は、引き取ります。よろしければ、樹の方だけでも、お手もとに置いていただけませんか」

「ほんとに、よろしいの。お返しするなら、二枚でなくては、と思っておりました」

「骨の素描、勉強をさせてくれた、という気がしました。ひとりになって、じっくりと見直します」

紅茶が冷えていたので、淹れ直してくれ、と私は言った。

すぐに、湯気がたちのぼるものが出てきた。

籐の籠に盛られた菓子も、一緒に出される。いまいただいたものですが、と家事代行の女性は言った。

しばらく、吉野画廊の話をした。老婦人は、吉野が面倒を看ている、若い画家をひとり知っていた。展示してあった絵を、吉野に勧められたが、買わなかったようだ。

老婦人が帰ると、残していった本と骨の素描を持って、アトリエにあがった。

素描を、イーゼルの板に張りつける。

生々しさが、荒々しいものになりかけていて、なかなかよかった。このままキャンバスに写したら、老婦人は買わなかっただろう。

あの絵でよかったのか。ちょっとだけ考えた。描いてしまった絵だ。それは、済ましてしまった食事にも似ている。

個展が終って、二十日ほど経っていた。

会期中、私は吉野に頼まれて、二時間、画廊にいた。人が、私の絵をどんなふうに観るか。それを見つめ続けた二週間だった。

右足の爪さきに、私は手をやった。

そこに違和感があったことは憶えているが、蘇えることはなかった。

絵を売る。それが、なにか奇妙なことに思えた。画家である以上、売らなければ生活が成り立たない。だが、絵を描くことと生活とが、馴染まないのを、感じ続けてきた。

馴れた時は、鈍麻しているのか。手だけで、絵を描いてしまっているのか。

酒が飲みたくなった。それも、いやというほどの虚飾に溢れた場所でだ。

秋といっても、外はまだ明るい。

私は、老婦人が残していった本を手にとり、開いた。樹の膚、と書かれていて、私の名と署名があった。歌集である。

頁を繰って読もうとしたが、途中でやめ、書斎の本棚にそれを挿した。

ふるえる針

1

鉄の質感が、偶然に出ることがある。

西アフリカのある国で、仮面をひとつ買った。巻いた角は山羊を模したようだが、口のあたりや眼はまるで違っていて、全体としては想像の動物と思えた。

旅行の間、仮面をいくつか見たが、ほとんどは人の顔で、実際につけることがあるのか、眼の部分には穴が穿(うが)ってあった。

空洞の眼があるだけで、それはずいぶんと現実に近づく。

私が買った仮面は、眼が生きもののものではないように彫りこまれていて、その上に異様に小さな耳と思えるものがあった。擬人化されてすらおらず、全体が意志を持った表現物に、束の間、見えたのだ。

似たような質感はいくつも見たが、私が買ったものが、最も錆びた鉄に近かった。赤錆ではなく、黒い錆で、しかし黒になりきれていない。

数年後、中国で鉄塔と呼ばれているものを見た。一千年以上昔の建築物である。よくある灯台のようなかたちをしていて、煉瓦ほどの大きさの石で積みあげられたものだった。その石の質感は、やはり錆びた鉄だったが、触れると冷たかった。

私の仮面には、指さきに伝わってくる木らしいやわらかさがあった。木を彫ったら、半年ほど砂に埋めておくのだ、と売ってくれたモシ族の老人は言った。パウダーのような砂漠の砂が付着し、木の組織と一体になり、鉄の質感が出るらしい。聴き取りにくいフランス語だったが、笑った顔の歯の白さが印象的だった。

絵を描くために、旅をしたのだろうか。もう少し違う衝動のようなものも、あったような気がする。

私は、壁にかけた仮面を見つめ、スケッチブックに鉛筆を走らせようとした。手が、まったく動かなかった。

仮面はオブジェではなく、作品なのだ。私の手で紙に写すのは、どこかを破壊する行為に似ているのかもしれない。

苦笑して、私は鉛筆を置いた。

なにかをやりたいという気分が失せ、私は服を着替えて外出した。

電車に乗る。都心の繁華な街に出るまで、昔は次の駅で乗り換えた。それがいまは、いつの間にか地下鉄になり、一本で目的の駅まで行けるのだった。

窓の硝子に、吊革を握った私が映っている。

ぼんやりと、自分とむかい合った。駅の明りの中で、その姿は消えるが、闇の中にまた現われてくる。

面白いのか。自分にそんなに関心があるのか。声は出さず、口だけ動かして言ってみた。このところ、私には人に聞えるように呟いたりする癖ができつつある。自分とむかい合っていたら、声は出しにくいことに気づいた。

駅に着き、人の流れに従って改札口を通り、エスカレーターに乗って、暗くなりはじめた街に出た。

かねてから思っていたことを、ひとつ実行できるかもしれない。

デパートに入った。

紳士物の服を売っている、あるコーナーに行った。男の店員が応対してくる。

「ここのコートが欲しいのだがね」

店員は困惑したような表情を浮かべ、コートがかけられたところに、私を案内した。

「薄過ぎるな。これから寒くなるのに」

「スプリングコートでございます。冬物は終え、春物を揃えております」

まだ、十一月の下旬だった。バーゲンセールなどを年末に見かけるが、ここはそんなこともしないのだろう。

索然とした気分でデパートを出、人が多くなった街を歩いた。自然の光が、人工の光と入れ替っているところだった。

私はしばらく歩き、路地を入ったビルの三階の奥にある、仕立屋へ行った。

私はここで、一年に一着ぐらい、ジャケットを作る。

大き目のブルゾンを羽織って外出することが多いが、時々、ジャケットという気分になる。コートについては、実はあまり願望はなかった。

「コートを作りたい。デパートのあそこの店には、売っていなかった」

「そりゃそうだ。あそこは、冬物のバーゲンだってやらないところですよ」

「作れないのか?」

「うちは商売ですからね。春だって夏だって、コートを仕立てます。ただ、いまからじゃ、上がるの年末ですよ。それに、仮縫いはしますからね」

ジャケットの仮縫いは、いつからかパスと言うようになった。それが、この店主には不満だったのだろう。

「わかった。コートは十年に一回も作らないだろうから」

デスクの下に潜りこみ、店主は分厚いファイルを出すと、コートのところを開いて私の前に出した。型だけが描かれたものである。その中のひとつに私は指を置いた。

「それです。お勧めしようと思っていました」

「商売人だったのか」

「いえ、これより高いものも、少なくありません。合うか合わないか、というのとは違うところでお選びになります。ジャケットも」

自分に合うと思って、選んでいるのではないのか。人物画を描く時のように自分を見ているのかもしれない、と思った。

街に出ると、しばらく歩いて時間を潰し、約束の店へ行った。

趣味が絵、という友人である。

絵以外の話題が面白いので、数カ月に一度、お互いの都合が合うと、食事をする。

「個展の騒ぎ、落ち着いたか。完売だったんだろう」

「もともと、騒ぎなど起きちゃいない」

「観に行ったよ、おまえのいない時を狙って」

「言ってくれよ、村澤」

この友人は、自分の絵についてはよく語るが、私の絵の批評はほとんどしない。

「一枚剥けるってわけにには、いかなかった」

「どの次元で剥けると言っているのか、俺にはわからない」

繁華な街に、埋もれこんだような、古い小さなレストランである。

私も村澤も、そこが気に入っていた。

2

木の葉を集めた。

山中を歩き回って、かなりの量を集めるが、三十枚ほど残して、脇坂のペンションの、薪ストーブで燃やしてしまう。

同じ樹でも、年によって色の濃淡があり、深さも違う。

私は、眼についた葉を、樹の枝から採ったり拾ったりした。

いくらか急な斜面だが、危険は感じていない。私の眼は、ただ色づいた木の葉にむかっていた。

私は、先日コートのために選んだ生地の色合いと、同じものを探そうとしている。理由はあまりない。最近では、最後に選んだ色だった。

キャメルですね、と店主は嬉しそうに言った。駱駝（らくだ）の色とは思えず、秋の山中の葉の中に、見ていた色のような気がした。

大した重さではないが、ビニール袋は、かなり膨らんでいた。林の中を歩くのに、邪魔なほどだ。

私は、引き返す方角を選んで、歩き続けた。眼は、やはり木の葉にむいている。

そして、自分がすっかり迷っていることに、しばらくして気づいた。降り積もった枯葉の上に、足跡など残るはずもなかった。

いくらか投げやりに、そしていくらか意地を張って、私は歩き続けた。

この地域には、脇坂に入るなと言われていた。しかし、ちょっと眼を奪われるような、鮮やかな色があったのだ。

携帯電話を出したが、警告されていた通り、電波の圏外だった。

私は、袋の入口を数度捻（ひね）り、肩に担ぐようにして歩いた。全身に汗が滲みはじめている。

樹木は、どれを見ても、既視感に近いものがあった。樹木の種類やたたずまいを、私はある程度頭に入れるが、それと合致するものがまったくなかった。

一時間ほど、歩き続けた。もうしばらくで、陽が落ちるだろう。闇の中を歩くのは危険だが、それより晩秋の山中だった。寒さの方が、闇より怖いかもしれない。

この山中でも、遭難がないわけではない、と脇坂には聞かされていた。勝手に茸狩りをする者を牽制しているだけだろう、と私は言っていた。茸狩りのツアーは、脇坂のペンションの売り物のひとつだからだ。

実際に歩くと、脇坂が言うことも理解できた。勾配が急になり、不意に崖の前に出たりする。すると、猿の腰掛などと呼ばれるめずらしい茸が崖の中腹に見え、それを穫るために、崖を降りたりするのだ。勾配が急になるのは、山の警告とも言えた。

まだ、私はそれに出会っていない。

気分としては、無人の街を歩いている。いや、雑踏なのか。樹木の幹が、人の姿に見えたりした。

去年、崖を滑落し、そのまま動けずに衰弱して死んだ、という茸狩りの都会人の話を聞いたことは、思い出すまでもなかった。

こんな山でも、遭難はあるということだった。そして私は踏み迷い、遭難に瀕（ひん）しているのだろうか。そんな間の抜けた死に方も面白いと感じながら、真剣になりつつもあった。足を挫（くじ）いてどこかで動けなくなれば、三晩ぐらいは保つかもしれない。四日目の夜明けに、凍えて死んでいるのではないか。

枯葉の上に横たわり、担いでいる葉を全身にかけ、眠ることを想像した。それは夜の凌(しの)ぎ方として悪くはなく、いざ陽が落ちれば、そうしてもいいと思った。ただ私の頭は、自らを埋葬してしまう、という方に行っているのかもしれない。

私は立ち止まり、袋を降ろし、数度、大きく息をした。それからもう一度葉の袋を担ぎあげ、ポケットの中を探り、小さな安物の磁石を取り出した。

安物でも、針は北を指す。

葉の色や、幹や梢のたたずまいから、私は眼を外(そ)らした。足もとの、径(みち)らしい径も見ないようにした。けもの道は、行けば途絶えるのだ。

私はほぼ、西寄りに歩いて森の中を進んだはずだから、ひたすら東にむかった。

歩きやすそうな地面も無視し、磁石の針だけを見ていた。

北アフリカの旧市街(メディナ)の、特に市場(スーク)と呼ばれる地域に入ると、既視感に惑わされて方向を失う。迷い疲れた外来者を、壁で囲まれた地域の外に案内して、小銭を稼ぐ者がいる。観光地の市場(スーク)になると、それが明らかな商売でもあるのだ。

そういう煩しさを避けるために、磁石を持つことを思いついた。案内人を自称してつきまとっていた男たちが、私がたやすく外へ出るのを見て、唖然としていたのを思い出す。

片手で磁石を持ち、私は歩き続けた。葉の袋は、しっかり担いでいる。樹木が邪魔をしているところも、できるかぎり方角を変えずに進んだ。

汗が、顎の先から滴(したた)った。時々、磁石を握った手の甲で、それを拭った。

薄暗くなってきている。秋の落日であるので、時間はそれほどない、と思った。

細い樹木が多くなった。そんな気がした。

私はあっさりと、林道に出ていた。

車を駐(と)めた場所より、いくらか登ったところらしい。

緩い下りを、袋を担いで歩いた。なぜか、汗がすぐにひいた。

五分も歩かず、うずくまっている私の車が見えた。私は握りしめていた磁石をポケットに戻した。

袋は、口を縛ってトランクに入れた。

エンジンをかけ、ライトを点ける。樹木が、すぐ近くにあるように浮かびあがった。

四回切り返して、ようやく車の方向を変え、走らせた。すでに暗くなっている。いや、ヘッドライトの光があるから、そう感じるのだ。

樹間に見えた空の端は、まだかすかに明るい。

二十分ほどの間にすっかり暗くなり、私は脇坂のペンションに戻ってきた。

娘が、ちらりと私に眼をくれた。亭主は、薪ストーブを燃やしているところだった。

私は、厨房に行って、ウイスキーの氷を貰った。鍋の具合を見ていた脇坂は、すでに飲みはじめている。

「客は？」

「男女のペアが、ふた組」

「ペアなどと言うのか。カップルと言った方がいいんじゃないか」

「俺たちは、古い人間だから」

「古いのは、嫌いじゃないが」

「葉の選別、やるのかい？」

「適当に。ストーブは燃えているようだが、客が四人いるんじゃ、邪魔だろう」

厨房に入ってきた男の子に、脇坂は手の指ほどのソーセージを一本やった。去年はぼんやりした子供だったが、ずいぶんと表情が豊かになっている。孫はもうひとり、この子の姉がいるが、姿は見えない。

「いい葉が、見つかったかい？」

葉を集めることについて、脇坂ははじめから受け入れていた。なぜとか、どうするのかとかは、ほとんど娘から質問された。

「禁じられた区域に、入っちまってね」

私は、氷を鳴らしてグラスを傾けた。

「そうか。まあ禁じていると言っても、山を知らない客に対してだから」

「ところが、迷っちまった。だから、山は知らないのだな」

「崖があって、これまで何人か落ちた。茸採りばかりだが」

「そこには行かなかった。ただ迷った。同じ場所を、ぐるぐる回っていたのかな。陽が落ちそうだったので、帰ってきた」

「どうやって」

私は、ポケットの中の磁石を出した。

「そうか。つまり、山を知ってるってことだよ」

掌の中で、針がふるえている。

時の鎖

1

腕時計の、革のベルトが切れた。

擦れて、薄くなっていた。早晩、切れるだろうと思っていた。私には、強く締めすぎる傾向があるらしい。鰐革（わにがわ）のベルトを、すでに三回交換していた。

私の身の回りにある、数少ない父の遺品のひとつである。いくらか古さを感じさせるところが、嫌いではなかった。三つ腕時計を持っているが、遣う頻度は一番高い。

赤いセーターの上に、茶のツイードのジャケットを着こみ、金属のベルトがついた時計をはめた。革のベルトの方は、上着のポケットに放りこんだ。

呼んだタクシーが到着するまで、私は二分ほど玄関で待った。チャイムが鳴ると、外へ出て、施錠した。

行先は、時計屋に変更した。

ありふれた茶色の鰐革で、取り寄せなくても、三回ともその場で替えてくれた。

街が賑やかなのかそうでないのか、私には判断がつかなかった。タクシーの窓から見ているからではなく、多分、歩いていても同じだろう。

同じ場所を同じ時間に歩く、というような生活はしてこなかった。

街角に作られた、クリスマスツリーが見えた。年の瀬というには、早過ぎる。私は車内に眼を戻し、運転手の氏名などを読んだ。

時々、信号で停止する。街はどこもが同じようで、歩く人の表情はまったく動かない、という気がした。私は、少し高いところに眼をやった。建物の窓が並んでいる。同じ建物の窓でも、ひとつひとつが違うような感じがある。見きわめようとすると、車が動き出してしまう。

時計屋からいくらか離れた信号で、私は車を降りた。信号名は憶えていたが、店の場所はおぼろだったのだ。百メートルほど歩くと、見憶えのあるウインドウがあった。

応対した男が、前の三回と同じ人間かどうか、自信がなかった。スーツではなくセーター姿なので、店主なのかもしれない。

ポケットから時計を出して、カウンターに置いた。指で竜頭(りゅうず)を巻く方式だから、電池の交換などではない。

「強目にベルトを締められますね」

男は時計をとり、ベルトではなく文字盤に眼を近づけた。

「メーカーの物でよろしければ、取り寄せができますが」

「適当なものは、ありませんか。別に、高級品でなくてもいい」

「ありません。この時計に合うものは、どこにもありませんね」

「この店で、三回、替えたよ。この十数年の間に」

「それは、私の父ですね。私の代になって、商いのやり方を変えましたから」

「そうか、ほかを捜してみるしかないか」

男が、文字盤から離した眼を、私にむけてきた。

「この品物、私に扱わせていただけませんか？」

「君に。店じゃなくて」

「私と店は、いまは同じなのですが、私はずっと時計職人でした。スイスの工場にも、六年いたのです。メンテナンスにかけては、きちんと技術を持っている、と自負しています」

「しかし俺が欲しいのはベルトで、メンテナンスじゃない」

「メンテナンスは、一度も？」

「ああ、丈夫なもんだ」

「この時計を手に入れられた時点で、ほぼ完璧なメンテナンスが施されていたのだ、と思います。そしてもう必要な時機、というより遅すぎます」

「止まれば、寿命だろう」

「違います。絶対に違います。きちんとメンテナンスをしてやれば、時計に寿命はありません」

「古いものだからな」

「オメガの、いい物ですよ。きちんと手入れをしたいという欲求が、抑えきれません」

四十を、いくつか過ぎたというぐらいだろうか。私は、自分がこの男に関心を持つのを意識した。

「メンテナンスをしたら、なにが変る」

「なにも。時計が健康を取り戻すだけです」

「取り戻すのなら、いまは健康じゃないのか」

「時計は五年で健康ではなくなり、それから長い時をかけて、死んで行くのです」

「ならば、自然に任せるかな。人の命のようにな」

「人は死にますが、きちんと手入れをすれば、時計は不死ですよ」

「埒（らち）もない、と言いたくなるね」

「申し訳ありません、夢中になってしまって。ベルトも、いいものをお着けになることを、お勧めします」

男が、カウンターに時計を置き、私の方へちょっとだけ押した。

「ベルトを、乱暴に扱ってしまう。これは、癖だろうね」

「いえ、そう扱われるだけのベルトだからです。時計に見合ったものを。なんというか、格のようなもので、作られれば」

「作れるのかい？」

「多少、値は張りますが、色も五色ほどから選べます」

「何色？」

「通常の鰐革の茶、黒、グレー、ブルー、赤です」

「ブルーは？」

「空の色ですかね。それも淡く霞んだような。青よりも薄い色です」

「それだな。空ではなく、浅い海がいい」

「この時計には、合うと思います」

私は、時計を見つめた。父も、形見の品だと言っていた。それはもしかすると祖父かも知れず、ならば相当に古い物だということだ。

私は、祖父をほとんど知らない。父の話に時々出てきたが、もう思い出せないし、顔や姿が浮かんできた、という記憶もない。

私が黙っていると、男はうつむいた。

ふと、なにかに魅せられてしまう。そういうことが、私にもあった。高価なものではなく、たとえば路傍の石に手をのばしたこともある。

物との相性のようなものがあり、それが合った瞬間に、別の存在になって命を持つ。

私はそれを、ずいぶんと絵の素材にしてきた。

「これを、お売りになろうというお気持は、ございませんか？」

「親父の形見だ」

「大変、失礼いたしました」

「売れば、どれぐらいの値がつく？」

「当店で百万でお引き取りいたします。好事家(こうずか)への仲介なら、二百万にも、相手によっては三百万にもなる、と思います」

「ふうん。ブルーのベルトだ」

「はい。いま工房の電話番号を」

「君に、預けよう。売るのではないよ。健康を取り戻し、見合ったベルトを着けるためだ」

「ほんとうに」

「俺は、これから遠出だ。置いていくよ」

男は手で私を制し、紙になにか書きこんだ。預り証だった。確かめもせずに、時計の細かいところまで書きこんでいる。

差し出されたメモ用紙に、私の住所氏名を書いた。

吉野が作ってくれた名刺がポケットにあることに、しばらく歩いてから気づいた。

2

駅を出ると、タクシーを捜した。乗り場などなかったが、空車が一台近づいてきて、私のそばで停った。

少し離れたところにタクシー会社があり、そこで待機しているようだ。

何年ぶりになるのか考えたが、とっさには数えられなかった。

中学生まで、私はこの街のはずれで育った。

五歳から十五歳までの、十年間である。

高校からは、いまの家で暮らした。

中学二年の時に、母が亡くなった。九年間、この土地で療養していて、最後の一年間は寝たきりの状態だった。

特に致命的な病があったわけではなく、目立ちはしなかったが、心の健康を失っていた。最後は、なにも食べずに痩せ細って死んだ。

山よりも海を好んだので、この街に家を借り、近所の主婦が、母子の世話をするという手筈を、父が整えた。手伝いの主婦は、九年間続けたが、母を追うようにして病で亡くなった。

父は貿易商で、日本にいないことが多かった。

母と二人で過ごすことは、あたり前に受け入れていた。夕食の後、一時間ほど喋る。それ以上だと、明らかにうるさそうな表情をした。

その一時間がなくなって、私はしばしばひとりきりだと感じるようになった。中学を卒業して、私はいまの家から高校に通った。一年の半分は、父は留守だった。

喋る相手がいない時、私はスケッチブックに絵を描きはじめた。

普通の高校生で、いくらか懶惰（らんだ）な大学生だった。就職はせず、アルバイトをしながら絵を描いた。卒業してからは、ひとり暮らしだった。交易の会社を継げという態度を、父が見せたからだ。

絵は、どうやって発表していいか、その方法がわからず、何度か公募展に応募した。

タクシーから見る街並に、私が暮らしていたころの記憶が蘇える光景は、まったくなかった。

見知らぬ街を、走っている気がする。

それが逆に、自分の行動について感じている違和感を消した。

私は、小学時代の恩師を訪ねようとしていた。不意に思いついたというわけではなく、手紙を貰ったのだ。

四十数年前に卒業し、はじめ年賀状のやり取りはあったが、それも途絶えた。

手紙は、いかにも唐突だった。君にどうしても会いたいのだ、と書かれた言葉に、動かされたわけではない。

御母堂と、君についてよく話した、というところが気持にひっかかった。

授業参観が行われ、母が教室に入ってくると、その教師の挙措は明らかにそれまでと違うものになり、顔まで赤らめていた。

私にあったのは、母を自慢するような気分で、それも鮮やかに思い出した。

母が、私についてその教師とよく語ったということが、にわかには信じられなかった。

母は、それほど人に心を開く人間ではなかった。そして、ずっと暮らしていた私が、母についてては最も知っているはずだった。

目的地に着いた。運転手が、ふり返る。現金のみだと、乗る時に言われていた。千円札を二枚渡し、釣りはいい、と言った。どうもという声とともに、ドアが開いた。

私は、あれこれ考えることもなく、チャイムを押した。

中年の女が出てきたので、私は名を告げた。

あらかじめ電話はしてあり、そのやり取りは煮えきらないものだったが、遠慮したのかもしれない、と私は思った。

玄関の脇の応接間に私を請じ入れる女の顔からは、なにも読み取れない。

茶が出された。それから老人が入ってきた。面影を見つけることはできなかったが、私は立ちあがり、名を言った。

老人は、笑い声をあげ、腰を降ろした。

「お久しぶりです」

老人が、大きく頷く。女は部屋を出ず、老人の背後に立っていた。

私が話し、老人が答える。それを、三度くり返した。老人が、まったく私を認識していないことが、はっきりとわかった。

私は、壁の絵に眼をやった。複製とも言えない安直なものだが、妙にこの場に合った薔薇の絵だった。

「お父さん、お客様はそろそろ」

老人が腰をあげ、私も立ちあがって頭を下げた。そのまま、背に手を添えられて、老人は出ていった。

私は、壁の絵に眼をやった。構図も色遣いも、すべてが正統的で平凡だった。それは悪くはないことだ。誰が観ても、赤い薔薇と白い花瓶だとわかる。

「申しわけございません。今日は、ちょっとうつろになっている日で。お電話をいただいた時、お断りするべきかどうか、迷ったのですが。こんなふうじゃない日も」

「いただいたお手紙は、明晰なものでした」

「そんな手紙も、書ける日があるんです。元気なので、自分で投函してしまうみたいで」

「字も、しっかりしていました」

「漢字も、私なんかよりずっと正確に書けるんですよ」

「国語の先生ですからね」

「教師だったことも、忘れていることが多くなりました。地元の教え子の人たちが来ても、話ができなかったりするんです」

それでも、まともな手紙が書ける。老人の記憶の底に、私の母と私は、どんなふうに存在しているのだろうか。

「失礼します。車を呼びたいのですが」

「呼んでありますわ」

女が、ドアを開けた。

私は靴を履き、外へ出た。タクシーは、まだ来ていなかった。

「あと一、二分だと思います。無駄足を踏ませてしまいまして」

海鳴りが、遠くで聞えた。潮流が強くて泳げないと言われていたが、中学生のころ私は流れに乗って、平気で抜き手を切っていた。流れが岸にぶつかるところで、上がればいいのだ。そのやり方は、高校生に教えられたような気がする。中学校でも、やっている者が数人はいた。

「曇っていて見えないけど、富士山の方向はどっちでしたかね」

女が、不機嫌そうな表情で腕を上げ、指さした。私は、そちらへ眼をむけた。この季節、雪に覆われて、富士山は白く見えるだろう。

「晴れれば、あそこか」

「見えてる日の方が、多いのに」

タクシーが来て、ドアを開けた。

私にむかって、女が頭を下げる。

乗りかかって振りむき、あそこですねと言って、私は指さした。

女が頷き、かすかに笑った。

この色

1

ニューヨークから来た友人と会うために、私は都心のホテルのロビーにいた。

ここは久しぶりだが、誰もが知っているホテルで、人との待ち合わせには都合のいい場所だった。

夕方前だが、ちょっとした繁華街の通りのように、人の姿が多かった。

見逃すはずはない、と私は声に出して呟いた。友人は、二十年前に知り合った時から、スキンヘッドだった。実は生まれた時からで、四十年も前にニューヨークに行った時、人生ではじめてもてはやされた。

映画のプロデューサーだが、そちらの方の仕事はあまり知らない。私の前には、日本人のコミュニティーの世話役として現われた。

私は、ニューヨークで個展ができないかどうか、模索していたのだ。

吉野画廊で最初の個展をした直後で、費用は父に出して貰った。画商の世話にならなかったというのが、その後の私の生き方をかなり左右した。

それでも、父に面倒を看て貰ったということが、どこか気後れになり、海外でなんとかならないかと考えはじめたのだった。

コミュニティーのある地区の、ショールームのようなところでの個展は、その友人の紹介で可能になりそうだった。しかしそれは、海外でのしあがりたいという私の希望に、沿うものではなかった。

三十代の私には、絵についての疑問などはなく、のしあがりたいという願望が抑えきれないほどあった。通俗的だが、それがエネルギーだった、といまは思っている。

三十代で、三度の個展に成功すると、もう関心を失った。のしあがるというのがどういうことか、硬いものが溶けたように判然としなくなった。

肩を叩かれた。

友人の方が、先に私を見つけていた。

ありきたりの挨拶とともに、握手をする。ちょっと強く握って、何度か上下に振るのが、この男のやり方だった。三年ぶりぐらいか。

外の通りに出て、タクシーを拾った。

吉野画廊は同じ街の中にあるが、かなり歩かなければならない。

「しかし、偶然だね」

友人が言う。製作した映画に映っていた絵がネットで話題になり、日本人の絵らしいということがわかって、私に問い合わせてきたのだ。電波に乗って送られてきた絵とサインをひと目見ただけで、それが誰だか私にはわかった。

吉野が生活の面倒を看ている、若い画家だった。三十代の後半に入ったところで、一度、吉野は強引に個展をやった。成功したとは言えない。うまい絵だった。観る人間を惑わせるほどの、うまさでもない。

友人からの話を、私はそのまま吉野に繋いだが、たまたま日本に来る用事があり、引き合わせることになったのだ。

その画家については、私はあまり関心を持っていなかった。絵描きを飼うという、昔ながらのやり方を片方に持っている、吉野の博奕(ばくち)的商法の行方を、興味深く眺めているだけだった。

吉野が飼っている絵描きは二名いて、もうひとりは二十代の半ばというところらしい。会ってくれと言われているが、私は積極的な気分になっていない。

「撮影で借りた店の壁にかかっていた絵が、日本人のものだとわかるまで、かなり手間取ったよ。それから先、君に連絡してからは、なんの手間隙もかかっていない」

友人は、高校生の時に渡米し、大学もニューヨークで出て、映画製作の助手と通訳の仕事をはじめた。日本語がおかしくなっていないのは、通訳を続けていたからだろう。

一方通行が多いので大回りになるが、十分ほどで着いた。

吉野は若い画家をそばに立たせ、画廊の入口で待っていた。

二人を引き合わせ、吉野が若い画家を紹介した。

社長室に入り、友人は私と並んで応接セットの椅子に座った。展示場を担当している女性社員が、コーヒーを淹れてきた。

友人の申し入れは、今後、若い画家の絵を一点、一本の映画の中で遣いたい、というものだった。監督も俳優も違うのに、どこかにかかっている絵が、同じ画家ということだ。

友人は、製作者として、顔を出したがっている。その代替が絵で、やがてネット上で話題になり、観客動員に繋がればいいとも考えているのだろう。

吉野は、商売人の顔を隠し、きわめて文化的な話として、絵画と映画の組み合わせを語り、友人に五点の絵を売った。安い値で、観たのは二十点ほどだった。

映画プロデューサーの仕事のひとつに、金を集めることがある。その中で遣うものとしては、微々たる額だ。

ほかの展開も頭にあるのかもしれないが、私の推測の及ぶところではなかった。

吉野が設けた席で、夕食になった。

若い画家は言葉少なだったが、二度、私に頭を下げ、礼を言った。その姿に、吉野が表情のない眼をくれた。

吉野は次の席に誘ったが、食事だけで散会となった。友人は、今日の用事は済ませた気分だろうし、吉野も同じはずだ。

「どこか、もう一軒行きたいのだがな」

二人と別れると、友人が言った。

「ツーブロック、歩くことになるが」

「いいよ、マンハッタンじゃあたり前だ」

いくらか憂鬱そうな表情で、友人が言った。

私は、絵のことを訊かなかった。

「気に入ったわけじゃないんだ。映画の小道具でも買うようなつもりだった。話題の作り方で化けてくれれば、大儲けなんだが」

「絵の価値がどこにあるか、正確に言える人間は、捜してもいない」

「君にも？」

「俺ひとりの限られた評価だから、人に言えるものではない」

「映画も、多分、同じようなものさ」

「それにしても、奇妙な体験をさせて貰った。映画ではなく、絵の話だったしな」

クリスマスが過ぎても、街に人出は多かった。歩道のない通りは、駐車している車が邪魔で、歩きにくい。六、七分で、小さなビルに入った。

「女の子のいない店だぜ」

「いいよ。その方がいい。静かなバーで飲みたかった」

「マンハッタンじゃ、酔いどれは差別されるからな」

狭いエレベーターで、六階に昇った。

カウンターに十名ほどが座れる店で、六席塞がっていたが、私は電話で予約していた。

端の席が用意されていた。

「フェルネット・ブランカをオン・ザ・ロックで」

友人が言う。

「苦い酒が、飲みたいのか」

「酒の苦さで、人生の苦さを消してしまいたいね。映画について、つまらないアイディアしか浮かばない。今度の絵の件もそうさ」

「疲れたんだな」

「そう思いたくない。せめて苦さを消して、大らかに構えたい」

「まあ、酒で消せるぐらいだ」

私は、いつも通りウイスキーだった。

友人が、ちょっとグラスを翳(かざ)した。

氷の触れ合う音がした。

2

筆に水を含ませた。

パレットの絵具を、適当に溶く。隣の色とも混ぜ合わせる。

三色の絵具を出してあった。

水彩画を描くことは、あまりない。最近では、色鉛筆で描きそこに水を垂らしていけば、水彩になるというものもある。私は、アトリエで描くなら、昔ながらのチューブの絵具と金属製のパレットを迷わず使用している。

二日前に、アレンジの花籠が届けられた。

アトリエの台に置いてある。誰もが喜びそうなアレンジだが、黄色の葉に独得の深みがあった。水彩の絵具でそれが出せるだろうか、という思いだけが私にはあった。厚塗りの油彩なら、できそうな気がする。水彩なら、一度だけの試みになる。

パレットの上で、少しずつ色を出す。茶と白と赤。多くの色を遣うのは、間違いだという気がする。パレットをもうひとつ出した。どこかで、ぴたりと合う色が出るはずだと思い続けている。

いい状態ではなかった。まったく同じ色の再現など、できるはずはないのだ。より近い色。どこまで近づけるかという試みを、ある程度までやればいい。

私は筆をおき、水場でパレットを洗った。

昼食にする。朝七時に起きて、コーヒーを一杯飲んだきりだった。

昆布や卵などを、私は食いはじめた。

いくらか、味が濃い。何日も保つ料理だから、そうなるのだろう。

ウイスキーを炭酸で割って飲んだ。酒の肴と感じてしまうのだ。毎年、そうだった。

私は居間の窓を全開にし、グラスを持ってデッキに出た。

晴れた日だった。空気がしんとして、静まり返っている。

元日の、正午。とりたてて意味はないが、なにかを失ったような気分が漂う。

サンダルを履いて、庭に降りた。

薔薇の株を見て回る。剪定が施してあり、葉のない裸の枝が、正月の空気に突き刺さっていた。

冬場は、土壌を強くするための肥料が必要で、そういうことは忘れずにやる。

私はグラスの氷を鳴らして、庭の樹々に挨拶を送る。そうしている自分が疎ましくなり、家に入った。

やってられんな。独り言である。最近は、呟くというより、はっきりと声に出すようになった。癖なのか、私の老いなのか。

バイクの音が、通り過ぎて行く。玄関から出て、郵便受けの年賀状の束をとった。

二杯目はオン・ザ・ロックにした。居間のソファで、一枚ずつ表裏を見た。

百枚ほど来ている。私は、八十枚を印刷して、六十二枚出した。

これがすべての人間関係ではないが、一枚一枚吟味するのが、私は嫌いではなかった。束の間、別の場所にいるような気分になれる。去年も、その前の年も、ずっとそうしていた。

三杯目のオン・ザ・ロックを飲み終え、私は二階へあがった。

洗い流してあるので、パレットに色の痕跡はなかった。

茶と白と赤を、もう一度チューブから絞り出した。三つの組み合わせは、無数にある。私はもう、捜すのをやめた。言葉では言いにくいが、すべてがわかった。筆の先。水。パレットに、色が出てくる。

紙に、筆で直接載せた。画用紙としては、厚いものである。吸いこまれるように、色はついた。

写実的に描こうとしているのではない。ディフォルメを企図しているわけでも、偶然を狙って作為を排除しているのでもない。

私はただ、花籠を見ていた。

見るだけでいいのだ。描いているのではなく、見ている。

これしかないと思える葉の色が、そこにあった。

いま、白い紙の上に、それだけがある。私はほかの葉の色も、数種類の花の色も見ていた。

新たに、十一色の絵具をパレットに出した。

もうひとつのパレットの上で、色を作っていく。紙に載せる。

デッサンはとっていない。見ているだけだ。そして、手を動かしているだけだ。

花籠の全体が、浮かびあがってきた。最後に、濃い色を二色、あまり水で解かず、細い筆先で描き加えた。

背景は、描かなかった。そもそも、背景の意識が、私にはなかった。白い紙の上に、ただ花籠が浮いている。

私はキッチンへ降り、冷蔵庫に置いてある三種類の魚の干物から、エボ鯛を選び、魚焼き器に入れた。

オン・ザ・ロックを口に含みながら、待った。くたびれたのかもしれない。葉巻は居間のヒュミドールの中だが、喫おうという気は起きなかった。

焼きあがりのアラームが鳴るのを、ダイニングの椅子で待った。

エボ鯛を、皿に出す。

箸で、身をほぐして食う。鰭（ひれ）のところは、手で持って、歯で肉をこそいだ。背骨も頭も、しゃぶり尽した。

骨を、小さなビニール袋に入れ、口を縛った。皿は洗う。四日まで、家事代行の女性はこないのだ。

ようやく葉巻を喫おうという気になり、シガリロを出して火をつけた。

煙が、眼の前で白い塊になり、散って漂った。煙を、絵に描けるのかどうか。おかしなことを考えた。描く気になれば描けるが、それは煙ではなくなっているとも思う。

シガリロを置き、アトリエに上がった。

友人から贈られた花籠だった。私は、笑っていた。自分に正直な絵だ。

右下に、鉛筆でサインを入れた。

夕方になっている。私はこのまま酒を飲み続けて寝てしまうか、散歩程度の外出をするか、ちょっと考えた。

チャコールグレーのズボンに穿き替えた。白いシャツに臙脂のセーター。首に明るいブルーのマフラーを巻きつける。

そして、仕立てたばかりのコートを着こんだ。

この色はキャメルだと、店の主人は言った。

私は、枯葉の色に似ていると生地の時から感じていた。こうして着ると、駱駝というのもわかるような気がする。

一度、着ているが、存外、暖かかった。

ひと駅、電車に乗ると、私のよく行く映画館があった。そういうところは、元日でもやっている。

靴を履き、同じようなことをしたと思った。

それが去年だったのかどうか、とっさに思い出せなかった。

指さき

1

紙の地図が、めずらしいとは思えない。

私が、スケッチブックの間から見つけた地図は、淡い一色で印刷されたものだった。脇坂のペンションの周辺の地図で、一日山歩きをした時、それを持たされた。もう、七、八年前の話だろう。

山歩きに、その地図が役に立った、とは思えなかった。私が歩いたのは小径だが、集落をいくつか繋いでいるものだったからだ。

ひとつだけ、廃墟になった集落があり、そこをいささか気味が悪いと感じたことを、憶えている。

地図の読み方を教えられたが、それは忘れてしまっていた。山歩きをするので地図が欲しいと、私の方から脇坂に言ったのかもしれない。そして、スケッチブックに挟んだまま返すのも忘れてしまった。

二万五千分の一と縮尺が記されていて、地図上の一センチは、二百五十メートルということになる。

新しいものと出会った気分で、私は地図を見つめた。等高線ぐらいはわかるので、全体の斜面が、しばらくすると立体的なものに見えはじめた。

丘なのか小山なのか、二つ並んでいる。そのあたりは、木立だろう。少し離れたところに、岩肌がある。畠も、少しだがある。道がくねくねと続く。

私は、宙に浮いていた。地図はすべてが平面だが、そこと同じ視点を取ると、私にはなにも見えない。少し高いところから、ようやく地形が眼に入るのだ。

スケッチブックに、鉛筆を走らせた。

なにかを写すという意味ならば、スケッチではない。具象画のデッサンということになるのか。二つの小山。同じ樹木に覆われている。その左側には、いく条か露出した岩肌が見える。右側は、なだらかな斜面である。やわらかいものと硬いものの二本を選んで、鉛筆を走らせた。

二本を同時に持ち、それぞれ遣い分ける。密かに、それは特技だと私は思っていた。

鉛筆を二本持っていたのは、五枚目までだった。真剣というのとは少し違うが、私はやわらかな鉛筆を、憑(つか)れたように紙に走らせはじめた。地図を見る。描く。単調にくり返しているが、紙には別なものが浮かびあがった。

十枚、デッサンを取った時、私は鉛筆を一度置いた。落ち着いた方がいい、と思ったのだ。すでに、深夜だった。

夕食をとっていなかったので、スパゲティを八十グラム茹で、作っておいたバジルのソースに絡ませた。チーズを削ってふりかける。

スパゲティを口に入れている間、私は味わうことはせず、ただデッサンのことを考え続けていた。

「いい加減にしろよ、おい」

自分に話しかける。

アトリエへ戻ると、私の手は鉛筆を握り、紙の上で動きはじめた。

夜明けまでに、さらに六枚デッサンを重ねた。

風呂に入った。躰より、別のものを洗いたい気分だった。

バスローブを着て、ロックグラスに氷を放りこみ、ウイスキーを注いだ。すぐに眠れそうになく、音楽をかけた。適当に買ってきたＣＤで、ロックンロールだった。

酒を飲みながら、私は立ちあがり、リズムをとって躰を動かしはじめた。踊っているとは言えないほどの動きだが、次第に息が切れてくる。

二杯目のオン・ザ・ロックを飲み干した。三杯目は、ソファに腰を降ろして飲んだ。音楽が終った。別のものを、私はかけなかった。

アトリエには戻らず、居間で六杯目まで飲み、明るくなった外に眼をやった。グラスを置いて、二階へ昇った。

スケッチブックには手をのばさず、私は寝室に入り、ベッドに潜りこんだ。手は動きたがっているが、感性が前へむかうことはもうない。

眼醒めたのは、階下の物音でだった。

家事代行の女性が来る日である。

私は起きあがると、着替えて下に降り、コーヒーをマグカップに注いで、庭に降りた。このコーヒーは、二杯分をコーヒーメーカーで淹れておいてくれる。

私が下にいる間に、女性は二階の寝室の掃除をする。

コーヒーを飲み干すと、私はダッフルコートを着こみ、歩いて四分ほどの蕎麦屋へ行った。註文したのは、煮カツと天ぷら蕎麦だった。ブランチには重たいと思ったが、躰が欲しているという気がした。

三十分だけ街を歩いて帰宅すると、二階へ駈けあがった。

八号のキャンバスを、中型のイーゼルに架けた。

木炭で、線を描き出す。デッサンの最後の部分をそばに置いておいたが、ほとんど見ることもなかった。

気づくと、夕刻だった。

キャンバスの中には、仰むけの女体がいる。

少し離れて、私はそれをしばらく眺め、キッチンに降りて、冷凍したステーキの肉を取り出した。三百グラムとラップには書きこんである。電子レンジで解凍した。

数種類の肉の焼き方が頭に入っているが、一番気を遣わなくてもいい方法を選んだ。

フライパンに、バターを置く。溶けて、泡が大きくなったところで、肉を入れる。片面が五十秒で、弱火である。砂時計で、それを測る。時間に、根拠があるわけではない。五十秒の砂時計の、砂の色が気に入った。

もう一方の面も、五十秒。ほとんどまだ焼けていないが、火を止め蓋をして五十秒。それを三度くり返し、バターを足し、赤ワインを入れる。そのまま、五十秒ずつまた焼く。それから、皿に移す。

ナイフを入れる。ミディアム・レアという感じの焼きあがりになっている。わずかな塩と胡椒。食いはじめる。しっかりと肉の味があり、余分なものはほとんどなかった。

食い終えると、飲んでいた赤ワインを、コニャックに変え、三杯飲んだ。

居間のソファに横たわった。三時間ほど、眠っていた。バスルームへ行き、熱いシャワーを遣った。

二階へ駈けあがる。

絵具のチューブを摑み、数種類をパレットに絞り出した。パレットナイフで混ぜ合わせる。油を滴らす。下塗りもなく、私は色をキャンバスに載せはじめた。

朝になってから、数時間、眠った。

2

乳房に手をのばして、摑みたくなる。

実際に描いている時、私は指さきで絵具を摑むようにしたりした。

私の指さきは、常になく汚れ、それをブラシで強く擦りながら洗い続けたので、痛みに近いものがまだ残っていた。

もういいと思うまで、四日かかった。厚塗りの、一見荒々しそうな絵になっている。しかし、どこかに指さきのやさしさがある、と私は思っていた。

時によって、筆だけではなく、棒を遣ったり楊枝を遣ったり、パレットナイフで絵具の塊を直接キャンバスに載せたりもする。しかしこの絵は、筆と指さきだけなのだ。

若い女である。描いていて、そうなった。仰むけに寝ていても、乳房のかたちがそれほど崩れていない。若い一時期、そういうことがあり得る。モデルで、それを売りものにしている、女になりきれていない少女がいた。

絵の中の女が、なにかを語りかけてくることはない。ただの存在として、周囲の色に包まれている。それだから、なおさら絵らしいのだ。

サインを入れたのは、きのうだった。それから先は、一切手を加えない。だから大抵は裏返しにしておく。まだイーゼルに架けたままなのは、気に入っているからなのか。

アトリエの掃除をした。ここだけは、家事代行の女性に任せず、週に一度ぐらいの掃除をする。しばしば、なにかを見つけた。

脇坂がくれた地図を、スケッチブックの間から引き出した。積み重ねた紙のところに、埃が溜っていたので、動かした時だった。

油の匂いが強いので、物陰から虫が出てくるなどということはない。

私の掃除は、全体をお座なりにやり、限られた一部分だけをきれいにする、というものだった。結構な広さがあるので、一年で一周するというところか。

夕方になっていた。食事を作ろうという気は起きず、外へ出た。芥子色のタートルネックにグリーンのマフラーを巻き、黒い革ジャンパーを着こんでいた。服装について深く考えたことはなく、ただ色の取り合わせにだけ神経質だった。

ひと駅だけ、電車に乗った。

長年、親しんだ街である。よく映画を観にくるし、行きつけの食べ物屋や酒場もある。それでも私は、家を出る時は、新しい店を見つけようという気分でいる。しかしこのところ、知っている店に行くことしかしない。

絵も、同じではないのか。描きやすい素材を馴れた方法で描いてはいないか。その反動で、地図などを眺めて、そこから想像するかたちをデッサンしているのではないのか。

寿司屋で、食事を済ませた。板前は、私の好みを知っているので、最も短い言葉で註文は通ってしまう。

軽口を叩いて酒を飲めるバーで、ウイスキーを重ね、いくらか酔い、夜更けにタクシーで帰った。

居間で、さらにウイスキーを飲んだ。階段を昇るのがやっとだった。

起き出すと、私はかなりの水を飲んだ。すでに、午近くになっている。眼醒めたのは数時間前で、寝返りは打っても、ベッドを出ることができなかった。

熱いシャワーを遣い、バスローブ姿で、粥を作った。土鍋に直接れんげを入れた。卵をひとつ落としてある。潰した黄身の拡がり方を見ていて、なにか浮かびそうになったが、曖昧なまま塩昆布と一緒に掬いあげた。

いくらか気分がましになった。

私はバスローブを脱いでセーターを着こみ、居間の窓を全開にした。冷気が躰を包みこむ。庭に降りて、剪定した薔薇の芽の大きさを確認し、根もとの土を指で押してやわらかさを測った。

アトリエにいる時、チャイムが鳴った。四時ぴったりである。階段の上から、大声をあげた。ドアが開く気配があった。

二点、絵を用意してあった。上がってきた吉野は、その二点をちらりと見ただけで、イーゼルに架けたままの、裸婦像の前に立った。

「それは、まだだよ」

「サインが入れてある」

それ以上、吉野はしばらく言葉を発しなかった。顔を近づけたり離したりしている。絵に背をむけると、天井を見あげ、採光のためにほぼ全面にとってある窓の前へ行き、天気でも確かめるように空に眼をやった。

「モデルかね？」

「そう言えるかもしれないが、聞いたらたまげて、そして笑い出す」

「笑わんさ。間違いなく、新境地だ」

吉野は、また絵の前に立った。

「フォービスム風と思えなくもないが、別のものだな。先生、指さきも遣ったのかい」

私は、横をむいていた。

鼻が触れそうなほど、吉野は絵に近づいた。息がかからないように、顔の下半分にハンカチを当てている。

「やっぱり、フォービスムではない。しかしなんなんだ、この色の遣い方は。自然なんだよ。フォービスムの主張がないのだな。普通、これぐらいの色を遣うと、前に出てしまうが、それもない。背景として収っている」

「収集した色でね。だからこの絵のタイトルは、秋」

「秋の山の、木の葉の色、ということか」

「自分でもびっくりするほど、収集していたな。やっと遣えた、というところだよ」

「しかしな、そこにこのヌードを置いたのか」

「もともとあった」

「言っている意味がわからん」

吉野は、私とむき合って腰を降ろした。

小さなテーブルには、スケッチブックが四冊と短くなった鉛筆、平らになった絵具のチューブなどが載っている。そして、スケッチブックの上に、地図があった。

「新境地なんてもんじゃないんだよ」

「笑うと言ったな」

「これを、描いた。葉の収集をやった一帯の地図さ。頭に浮かんでくる風景を、はじめはデッサンしていた。それが自分では意識もせず、極端なディフォルメに走った」

「それが、ヌード？」

「この二つの、山というか丘というか、ほぼ同じ高さだ。そして、並んでいる」

「まさか、これが妙に生々しい乳房か？」

「そういうことだよ。方法としては、邪道だと思う」

「いや、空想力を創造力に昇華した。そういうことではないか」

吉野が腰をあげ、また絵の前に立った。

「それは、売らんつもりだ」

「なにを言う。俺が扱わなくて、誰が扱う。もっとも、俺も展示だけして、すぐには売らないかもしれないが」

「思いつきだ。技法とも言えない」

「それは、先生が決めることじゃないな。写真のようなデッサンが、正しい技法と言うわけじゃあるまいが」

「正直、気に入ったようなんだ」

「じゃ、なおさら、俺に扱わせろ。絵のためには、それがいい」

もう、サインをしてしまった絵だ。サインの時点で、私から離れている。

「なあ、飲みに行かないか、吉野さん。この近所に、俺の行きつけの店がある」

「あと数点描くと、技法として確立されるという気がするよ」

「いや、もういい。結構、大変だった。ひとりで、酒を飲む気にならないほど」

言いながら、私は指さきを触れ合わせていた。

気づかぬうちに、ブラシで擦り過ぎた痛みが、消えてしまっていた。

アローン

1

三種類の薬をのんでいる。

薬と言えるほど大仰なものではないと、毎月届くように手配してくれた吉野は言った。料金は、私の口座から自動的に引き落とされる。ほかにもそうやって口座から落ちているものが、かなりの数あった。

現金を引き出す時、必ず通帳の記帳をしろと吉野に言われ、なぜだかそれだけは守れている。あとの私の金の管理は、吉野が紹介してくれた、会計事務所がやっていた。

私は数字にこだわるが、それは入ってくる前の額で、通帳に記されてしまえば、ほとんど忘れている。財布に現金が二十万ほど入っていれば、なんとなく安心しているのだ。

最近は、吉野に持たされたクレジット・カードを遣うことも少なくない。ただ、現金を払うことで、社会と繋がっている、という気分になれていた。浮世離れしているのだから、と吉野によく言われる。浮世に通俗という意味があるのなら、私には異論がある。どうしようもないほどの通俗に、私はまみれていると思っていた。

絵が通俗である。デッサンから油絵具の遣い方まで、先人のものをなにも越えていない。凡庸さも、積み重ねれば別のものになる。そう思っても、サインを入れた絵を見て、ただうつむいている私がいることが多い。

中華料理の卓を囲んでいた。いま眼の前にいる男を通俗だと思っても、それを疎しく感じたことは、長いつき合いの中で、ほとんどなかった。

「先生、恋人になれそうな美人、いくらでも紹介できますわよ。でも絵描きさんだから、モデルの女の人なんかと、苦労もせずに仲よくなれちゃうのかな」

言ったのは、玉置の女房だった。二年ほど前に、二十代の終りの女と結婚したのだ。

「デッサンをはじめた時から、なんであろうとまずはただの物なんだ」

「恵美、こいつは昔から女にもてていたよ。自分じゃ気づかない、というところがあるんだがな」

「自分がそうだったって、あなたは言った」

玉置とは、二十数年来の友人になる。貿易商で、小さな会社を親父が時々手助けしてやっていた。会社を継ぐことにまったく関心がなかった私の代りに、面倒を看たのかもしれない。

あるいは、私の友人だという、単純な理由だったのか。

引退する時、ワイン輸入の部分を、親父は玉置の会社に譲った。それで玉置の人生は安定し、あまり緊迫感のないものになった。

一年に三度ぐらいは、会って食事をする。この二回ほど、玉置は女房同伴だった。理由はわからないが、私は受け入れていた。面白いことがないわけではない。

一回目に、若い男女が集まる、クラブに連れていかれた。音響の凄まじさには最後まで馴染めなかったが、明滅する光の中に浮かびあがる人の姿が、いささか抽象画めいていて、私の興味をそそった。

いつもポケットに入っている小型のスケッチブックに、鉛筆を走らせている私を見て、玉置は呆れていた。

戻って見直すと、照明の動的なものがまったく捉えられておらず、だから群像は人形の影にすぎなかった。

思いつきでデッサンを取り、それがいい場合もないわけではなかった。

「先生、あたしモデルになれないかな」

「物のように扱われたいのか」

「なんか刺激的な感じがする。物なんてね」

「おい恵美。こいつはほんとうに裸婦像も描いているんだから。引っこみがつかなくなっても、俺は知らんぞ」

「増々刺激的。先生の裸婦像って、どこへ行ったら、見られるんですか？」

「売れちまったな」

大皿で運ばれてきても、それを一人分ずつ小皿に取り分けてくれる店だったので、話が途切れることはあまりない。

「ヌードを描いて貰うとしたら、先生のアトリエに行けばいいんですか？」

「頼まれて、描くことはしない。描きたい時、俺の方から頼むね」

「裸を見てから頼むの？」

玉置は、壁の方に眼をむけていた。私は、ちょっと執拗だと感じていたが、なにも言わず、エビチリを口に入れた。

「あたし、退屈なの」

「モデルは、姿勢を拘束される。退屈と言えば、そちらの方が退屈だと思うぞ」

玉置は、やはりなにも言おうとしない。若い男女が集まっていた、結婚パーティを私は思い出した。玉置は、二回目の結婚だった。

結婚の経験のない私は、それを別段羨むこともせず、伴うであろう日々の煩雑さを、会場では想像したりした。

新しい大皿が運ばれてくる。私は、常温の紹興酒を口に入れた。この酒の色を、中華料理を食うたびに、観察する。ありふれた酒の色だが、瓶(かめ)ごとに微妙な違いがある。やや濃い色のウイスキーに似ているが、そうではないとどこかで主張しているような色でもあった。いまのところ、絵具では出せていない。

玉置が、まったく別の話をはじめた。家の、毀れてしまった家具についてだった。捨てればいいのに、と恵美が呟いた。玉置は、聞えなかったように、修復の方法を並べている。

私は、山椒の刺激の強い料理を、口に入れていた。

「こんな話、先生に失礼だわよ」

「こいつは、物を作る人間なんだ。修復だって、それに通じるところがある」

「俺は、結構いろんなことに関心を持つが、それは自分のまわりにあって、直接触れることができるものについてだよ、玉置」

「まあ、そうだろうな」

恵美が箸を取り、三つ並んだ皿を食いはじめた。玉置は、酒を飲んでいるだけだ。

硬直しかかっている雰囲気を、私は気にしなかった。

また料理が運ばれてきて、三つに取り分けられた。手をつけていない皿を下げろ、と玉置が言っていた。酔うと、物を食わなくなる傾向がある。

「ウイスキーが欲しくなった。早いとこ、バーに行こう」

食事のあとどこへ行くかは、玉置に任せてあった。

「あのバーなの？」

「いやなら帰れ」

言われた恵美は、うつむいているだけだった。私は、デザートを選んでいた。

お茶を飲んでしまうと、玉置はそそくさと勘定をし、示された額の半分を、私は現金で玉置に渡した。

タクシーで十分ほどの店だという。

恵美は私にお辞儀をし、乗ってこようとはしなかった。

2

社長室に一点だけかけられている絵は、毎月替えられるようだ。私の絵がそこにあるのかどうか、知らない。ギャラリーの方では、個展をやっていなければ、いつも二点かけられている。

私は、アメリカ人の美術評論家の、取材を受けたところだった。

吉野は、一、二年後に、ニューヨークで私の個展をやる画策をしていた。海外での個展に、もうそれほど執着を持っていなかったが、面白いかもしれないという気分はあった。吉野にとっては真剣な商売の一部だから、そのためにやろうと提案してきたことは、大抵は受けている。

「酒を飲む時間まで、あるかい？」

事務所から戻ってきた吉野が、ロッカーからコートを出しながら言った。

食事の後の話だ。私は決めかね、黙った。

画廊を出ると、タクシーに乗った。吉野画廊は三丁目で、八丁目にある食事の店まで、そこそこの距離がある。

「かなりの関心を持ったよ、あいつ。特に、素材が心とともに変化するという言葉に、強く惹かれたようだよ」

なにも言わず、私は頷いた。完璧には言葉が通じない評論家の心に、いかなる印象も残せるとは思わず、私はただ大袈裟に喋り、質問に答えたのだ。

「俺の挑戦は、次々に成功していく。先生に関してだけだが」

「商才だな」

「それがないとは思っていないが、なんと言っても作品がなければだよ。その意味で俺らの商いは、人の褌で角力をとっているってことだ。それは忘れちゃならない」

「吉野さんのいいところだよ」

信号待ちの時、ひとりだけ歩道を渡らず立っている少女を、私は小型のスケッチブックに手早く写しとった。

「そのポケットから、俺が望むものがなんでも出てくる、という気がする」

私のアウターのポケットを軽く叩き、吉野が笑い声をあげた。

食事はカウンター割烹で、はじめて連れられてきた店だった。お仕着せの料理が、黙っていても出てくる。味はいいが、こういう食べ方は私の好みではなかった。

「パリが中心だが、ニューヨークでも活動している美術評論家と、今度は会ってくれないか。実は、帰国した時は、適当に接待して義理を作っている」

「日本人か」

「あまり先生に好意的ではないんだが、なに、そこは俺のいやらしさで、うまく使うさ」

好意的ではないというのが、面白そうな気がした。私がそう思うことを、吉野は見抜いて言っているところもあるだろう。

「個展に合わせて、ニューヨークに行って貰わなくちゃならん」

「その前に、ヨーロッパに行きたいな」

「ほう、どの国?」

「パリ、セビリア、リスボン。それとアルヘシラスから、タンジェへ」

国名を言わず、街の名を私は言った。

「アフリカもか。先生、前にふた月ほど行っていなかったか」

「それは西アフリカだよ。北アフリカの旅は、もう十五年も前になる。フェリーでタンジェに渡った時から出発した」

「ええと、あれはモロッコになるのか」

刺身が出てきた。私は柳鰈(やなぎがれい)の干物を食いたくなったが、仕方なく箸をのばした。

電話が鳴った。玉置からだった。どこかで飲まないか、と言う。まだ会社にいるようだった。私は、バーの名を言った。いきなり飲もうと言ってくるのは、めずらしいことだ。

「吉野さんとは、飲めなくなったよ。友人が、近くにいて、一時間後に会うことにした」

「そうか。まあ先生の人間関係では、画廊の親父は後回しでいい」

言いながら、吉野は微妙な表情を見せる。

今夜、吉野とは食事だけにできてよかった、と私はなんとなく考えた。

つまらない質問に答えすぎた。しかも、英語でだった。絵とは関係ない話をする相手として、玉置は適当かもしれない。ただ恵美は、絵の話をしたがるという気がする。

店の前で吉野と別れると、私は路地を抜け、ひと筋違いの通りへ出た。

雑居ビルの四階にあるバーに、玉置はすでに来ていた。

「女房は遅刻か」

玉置の右のスツールに腰を降ろしながら、私はウイスキーのオン・ザ・ロックを頼んだ。銘柄を指定しなければ、いつも飲むものが出てくる。

「俺は、ひとりなんだよ」

「ついこの間、おまえと二人だけで飲んだよな。まあいいか。愚痴は聞きたくないが」

「そんなこと」

玉置は、水割りのグラスに手をのばした。

会話が途切れかかったところで、バーマンがあたりさわりのない問いかけをしてきた。シェイクでもステアでもなく、トークがバーマンの仕事だと思っていて、それは多分、ある部分では正しいのだろう。話しかけられたくないタイミングも、ほぼ見きわめる。

「酒まみれさ。ただ、自分が扱っているワインなんか、あまり飲まない」

玉置はグラスを空け、それをバーマンの方へ押しやった。

「リカー類は、ほぼ扱われるのですか？」

「ワインだけ。しかもイタリア産」

水割りを作りながら、バーマンは私のグラスにもちょっと眼をくれた。

私がこの店で気に入っているのは、バーマンの眼配りなどではない。一枚の絵もかけていない潔さだった。壁は、各種の酒で埋め尽されている。気にならない程度に、音楽は流れていた。

「おまえ、アフリカによく行ってたよな」

「まあ、好きなところではある」

「砂漠に、行ってみたい」

「おまえ、シチリアまでは行くよな」

シチリア島のマルサーラというワインの産地には、仕事で行っているはずだった。

「その気になれば、アフリカには渡れた。しかし行きたいのは、もっと南の砂漠だ」

「南なら、赤い砂漠がいい。ナミビアだよ」

「それだと、南すぎる」

「サハラしかないぞ」

「どこか、いいと思ったところは」

「そりゃ、モロッコの奥地とか」

「いや、あそこがいい、と言っていたことがあるだろう。バオバブという大木があって」

「それだと、西アフリカだな」

「なんとかいう国だよ。俺はさっき考えていたんだ。サハラの南の端」

「ブルキナ・ファソ」

「そうだ。そんな名だった」

「女連れじゃ、そこの砂漠はちょっと難儀するよ」

「俺ひとりで行ってくる」

「ふうん」

「もう、いないんだよ」

バーマンが、音もなく横に移動して、ほかの客の前に行った。

私はちょっと考え、ウイスキーを飲み干した。玉置の顔に眼をむけ、すぐに戻した。

「いい国だ。いろんな意味で、厳しいが」

「だろうな」

涙など、こんな時に見たくなかった。

私はグラスの中の氷を鳴らし、お代り、と言った。

隠し味

1

どこから歩きはじめたか、よくわかっていなかった。電車である駅まで行き、待っていたタクシーで、とにかく道を真っ直ぐに走った。多分、二十分ぐらいは乗っていた。降りたのは、ごくありふれた街並の中だった。大まかな方向だけ決めて、歩きはじめたのだ。スケッチブックに写したくなる、風景か家のたたずまいか人の姿を、探していた。歩くために、私はただ理由をつけたのかもしれない。ほんとうは歩きたいだけだったという気もする。

一時間ほど歩いたところで、五、六歳の少女の手を引いて歩く、老人の後ろ姿を見つけた。素速く、スケッチブックに鉛筆を走らせる。帽子がいい。その下の顔を、想像させるようなところがあった。

二人は角を曲がったが、私は真っ直ぐに進んだ。大通りとか脇道とか路地とか、そういうことは一切気にせず、真っ直ぐだと感じた方に歩く。脚を動かすためには、どんなことでもいいから、原則が必要だった。

歩道がない道。電柱が視界を遮る。二つ並んで、商店があった。なにを売っているかも確かめず、私は通り過ぎた。

前方を、用水が塞いだ。用水沿いに道はあるが、私はむこう側に行きたかった。左右のどちらが橋に近いか、束の間、考えた。むこう側にも道があり、軽トラックが走っているのが見える。私は右に曲がり、百メートルほどで小さな橋に達した。

橋を渡ったが、行きたい方向に道はなく、用水沿いに歩き続けた。

ぶつかった道は、いくらか大きかった。狭いが歩道があり、時々、車も走ってくる。

十五分ほどで、大きな交差点に出たが、歩行者用の信号で横断し、真っ直ぐに進んだ。その道は、やがて高架線沿いになった。

私は五分ほど歩道に立ち止まり、道と高架線が合流するようにぶつかる景色を、スケッチブックに写した。

野山を歩く。それは数えきれないほどやった。知らない土地への旅も、ずいぶんと経験した。そこで、ほんとうに描きたいものが見つかったかどうか、いまだにわからない。

面倒なことを考えながら、キャンバスとむかい合うことが多い。つまり、どんなものにも観念を重ね合わせてしまう。色を重ね続け、色の下で観念が消えた時、私はようやくサインを入れる。

それがやり方だと、人に言えるほどのものではなかった。厄介な性格なのだと、しばしば自嘲する。

高架線沿いに歩いた。人が多くなり、駅が見えた。縁はないが、名は知っている駅だった。

朝八時に家を出たので、空腹だった。すでに午後二時に近かった。

駅前にあるのは、ファミリーレストランというものと、ケーキ屋だった。ちょっと路地を入ったところに、蕎麦屋の看板を見つけた。

蕎麦を食うつもりだったのに、私はカツ丼を頼み、あっという間にかきこんだ。満腹感は、あまりなかった。

また歩きはじめたが、スケッチブックを出したくなるものには、もう出会わなかった。街からなにかを切り取ろうという方が、無理なのかもしれない。

私は、どんなものでも描けるし、なにも描けない。そういうところに、いるのだろうか。

陽が落ちても、街が途切れることはなかった。人が多いところもあれば、そうではない道もある。

気持としては、直線で歩き続けたが、実は大きく違っていたかもしれない。名を知っている駅を二つ見た。その方向の関係が、よくわからなかった。

八時を過ぎたころから、また空腹に襲われた。

いくらか繁華な場所で蕎麦屋を見つけ、またカツ丼をかきこんだ。

歩き続けた。スケッチなどもうどうでもよく、ただ家へ帰りたかった。帰れないかもしれないという思いに、しばしば襲われる。流しているタクシーに手を挙げ、私の家の町名を言えばそれで済むが、歩かなければならないと自分に言い聞かせ続けた。

誰もいない路地のビルの壁際に、小さな木製の椅子が置いてあった。気づいた時、私はスケッチしていた。どうでもいいと思っていても、絵描きの本能のようなものは、あるのかもしれない。

十一時を回った。深更に達するまで歩いていると、私は思って家を出たわけではない。なぜこうなっているのか、もう考えることはやめていた。

脚が動いている。家へ帰ろうという意識だけが強い。

うずくまるように、明りもなくじっとしている私の家を見たのは、午前三時を過ぎたころだった。まだ陽が昇っていないというのが、唯一の救いだった。

門灯も含めて、完璧に家の照明は消されていて、私は玄関で少し手探りをした。家事代行の女性の頭には、深夜の帰宅などなかったのだろう。

玄関に入り、私は手探りでスイッチに触れ、点けた。玄関の明りだけが、ぼんやりと灯った。私は、上がり框（かまち）に座りこんだ。途中で三度、公衆トイレを見つけて用を足していたので、切迫したものはなにもない。

しばらくして立ちあがり、私は居間やキッチンの明りをつけた。

階段が見えた。

部屋の暖房を全開にしたが、私はまだアウターを着こんだままだった。

階段だけが、見えている。

それを昇れば、アトリエがある。私が絵を描く場所だ。しかし、私は動かなかった。二階の明りはまだ点けておらず、上の方は仄暗い場所に通じているようでもあった。

階段しか見えなかった。

私はアウターのポケットからスケッチブックを出すと、階段を写しはじめた。二枚、三枚と描くうちに、汗が滲み出してきた。暖房を、少し下げ、アウターを脱いだ。腕が軽くなり、私はさらにスケッチを重ねた。スケッチブックが尽きた。居間の隅の棚に、大きなスケッチブックが置いてある。鉛筆もひと通りあり、手動の鉛筆削りもあった。

冷蔵庫から水を出す。チーズとハムを出す。

空腹を、それで誤魔化した。

階段が、階段でないものに見えてきた。

手を動かしていると、快感に近いものがあった。外の光で階段の上も明るくなってきたころ、私はほとんどそれを見ていなかった。

気づくと、居間の絨毯の上で寝ていた。

ウイスキーの瓶が転がっている。

2

ルーの味が、いくらか変った。

料理に、基本が厳然としてあるのかどうか、あまり考えたことはなかった。

思いつきを、実行してみる。私の料理は、それ以上のものではなかった。ただ、長い間、料理はしてきたので、経験則とも呼ぶべきものがいくつかできあがっている。

直接水を遣わない、というのも経験則から出た方法のひとつだった。

「先生、これも教えられないのか？」

吉野に、カレーの隠し味はなにか、と訊かれているところだった。

いつものように、吉野は絵を受け取るために来たのだが、カレーをいつ作るのか、あらかじめ電話で確かめていた。

吉野に教えただけでなく、カレー好きの家事代行の女性にも教えた。そして、かなり大量のルーを作った。

ステーキ用のサーロインの肉を、ミディアム・レアぐらいに焼いて、薄くスライスする。私のカレーの肉はそれであるが、人にあげるのはルーだけである。

吉野が自宅へ持ち帰るのは、これで二度目になる。同じものを作れと言われる女房の、迷惑そうな顔が見えるような気がした。

「教えられるものは、全部教えているんだ。同じものを作ろうというのが無理なんだよ。糖分を、どのタイミングで入れるか。ワインはいつか。俺が作っていても、それは変るんだから」

「わかっているさ、そんなことは。ただ、紙に書いた通りに作ろうとしかしない。つまり、創造力というやつがないんだよ」

「俺のカレーだよ。創造力なんて言うと、奥方がかわいそうだぜ」

「うまい、と膝を打たなくてもいい。これはと思うような発想があればいいんだ」

吉野は、持ち帰る容器に入れたカレーが、冷えるのを待っていた。私はもうひとつ、家事代行の女性用のものを作った。

いつもなら、午後の早い時間に、若い衆に運転させてやってくる。今日は、午後五時という微妙な時間で、絵だけ運ばせると、自分は残った。カレーを二皿食う間、ずっとなにか呟き続けていたのだ。

「隠し味に創造力があるなどと、考えていないだろうね、吉野さん」

「いや、考えているよ」

吉野は居間に移り、ヒュミドールから勝手に葉巻を出して吸口をカットし、長いマッチで火をつけた。

「満腹の時の葉巻っての、なんとも言えんな。もう一度、食いものの味が蘇える。それから、葉巻の味だけになるのに、五分はかかる」

「煙になって消えるか。俺にとっては、絵もそうであってくれたら、自由だと思えるのだがね。絵は、残っちまう。若いころに描いたものも、しっかりと残る」

「描く人の気持は、私にはわかりようもない。残ってくれなくては困るというのが、こちらの立場だから」

私も、葉巻に火をつけた。二人の吐く煙がたちこめ、部屋には靄（もや）がたなびいているように見えた。香りは、もっと躰に忍びこんでくる。そして、二日も三日も消えない。

「隠し味ってのはさ、その時になにがあるかなんだよ、吉野さん。だから、冷蔵庫を開けてから決めるところがある」

「そんなものなんだろうさ。俺はただ、今回の隠し味がなにか、知りたいんだ」

「パルメジャーノ・レジャーノ。俺はいつも、ブロックで買う。しかし、あまり遣わず、冷蔵庫で眠っちまってるやつ。石みたいに硬くなって、あれはもう遣えない。ハンマーで打ち砕いて、ことことと煮つめる。いい出汁が引けてる。野菜や肉の煮汁に、それを加えてあるんだよ。不思議なこくが出る」

「なるほどな。しかし、たまげた。つまり、創造力というやつじゃないかな」

「そう思いたければ、思ってもいいが」

私は、葉巻の灰を気にしはじめた。長い灰を残す。そういう喫い方をする。

「隠し味は、わかったよ。絵の方は、教えちゃくれないのか」

「教えても、意味があるとは思えない」

「意味があるかないか、私が考えるか感じるかすればいいことだろう」

八日かけて、階段の絵を描きあげていた。朝から深夜まで、ほとんど意味もなく街を歩き続け、暗い家に戻ってきて、居間の隅から二階に続く階段を見た。

なぜか、素描をとっていた。ポケットの小型のスケッチブックだけでは足りず、居間の大判のものも遣い果しかけていた。その間に、ディフォルメを重ねた。いや、私自身がディフォルメされたのか。

翌日見た時、それは階段であり、階段ではなかった。そして間違いなく、私はなにかを描こうとしていた。

二十号のキャンバスにそれを移した。

少しずつ、色を載せた。

色が増えるたびに、描きたいものを描いている、と思った。技法などではない。自分のやり方、というのが近いだろう。

「おい、なにがおかしいんだい？」

「おかしいって」

「さっきから、ずっと笑ってるじゃないか」

自分では気づかなかった。私はちょっと、口もとに手をやった。

「あの絵、なにを描いたか、そのうち喋れると思う。いまは、言葉にするとどこか滑稽になっちまう気がする」

「わかった。それでサインは」

「明日にでも」

「そうか。ならば明日の夕方に取りに来る。午後五時。それでいいか？」

性急なことをと感じたが、私は頷いていた。

「絶対にほかに渡してはならないものが、本能的にわかるようになった。そんな気がする」

「タイトルもつけておくが、ニューヨークででも売ろうと考えているのかい」

「あんなところで、売るか。あそこは、絵の値段を上げるための場所だ。こんな言い方、先生は怒るかもしれんが」

「いや、吉野さんらしいと感じた」

私は、居間の隅の棚の上から、スケッチブックを一冊出し、鉛筆を走らせはじめた。吉野の表情は、一瞬だけ動いた。

「なぜ？」

「いま、描くべき顔をしている。素描だけだが、サインは入れるよ」

吉野の顔は、いくらかディフォルメされている。私は半分だけ眼の前の顔を見、残りの半分は記憶の中の顔を見ていた。

十分ほどかかっただろうか。画用紙の中の吉野が、いくらかさみしげな表情になった。さみしさは写したのではなく、描く私が滲み出してしまったのだろう。吉野の顔を通して、私は自分を描いていた。

ほぼ十五分で、私は素描にサインを入れた。

吉野に渡すと、表情が動いた。

「驚いちまうな。似顔絵を貰うのかと思ったが、これは絵だね。そして、いやになるほど私なのに、私じゃない。ちょっと、なにか揺さぶられたよ」

「長いつき合いになるよな。その間で、はじめてだね」

「厚紙で挟んで、持ち帰りたい」

「丸めて、カレーの袋でいい」

「そんな。匂いもついちまうし」

「それが、この絵の隠し味だよ」

「そういうことか。わかったようで、わからないが。長いつき合いも、隠し味かい」

私は、もう絵を見なかった。吉野が、カレーの容器を入れた袋を持ってくると、画用紙を無造作に丸めて入れた。

初出　オール讀物

「声」「パーティ」「毒の色」　二〇一七年四月号
「穴の底」二〇一八年三月号
「スクリーン」二〇一八年四月号
「ナプキン」二〇一八年六月号
「屑籠」「赤い雲」「血液の成分」二〇二三年七月号
「開花」「耳石」「爪先」二〇二三年八月号
「ふるえる針」「時の鎖」「この色」二〇二三年十一月号
「指さき」「アローン」「隠し味」二〇二四年一月号

北方謙三（きたかた・けんぞう）

一九四七年佐賀県唐津市生まれ。中央大学法学部卒業。八一年『弔鐘はるかなり』で単行本デビュー。八三年『眠りなき夜』で第四回吉川英治文学新人賞、八五年『渇きの街』で第三八回日本推理作家協会賞長編部門、九一年『破軍の星』で第四回柴田錬三郎賞、二〇〇四年『楊家将』で第三八回吉川英治文学賞、〇五年『水滸伝』（全十九巻）で第九回司馬遼太郎賞、〇七年『独り群せず』で第一回舟橋聖一文学賞、一〇年に第一三回日本ミステリー文学大賞、一一年『楊令伝』（全十五巻）で第六五回毎日出版文化賞特別賞を受賞。一三年に紫綬褒章を受章。一六年「大水滸伝」シリーズ（全五一巻）で第六四回菊池寛賞を受賞。二〇年に旭日小綬章を受章。二四年『チンギス紀』（全十七巻）で第六五回毎日芸術賞を受賞。『三国志』（全十三巻）、『史記　武帝紀』（全七巻）ほか、著書多数。

黄昏（たそがれ）のために

二〇二四年六月一〇日　第一刷発行

著者　北方謙三（きたかたけんぞう）
発行者　花田朋子
発行所　株式会社　文藝春秋
〒一〇二‐八〇〇八
東京都千代田区紀尾井町三番二十三号
電話　〇三‐三二六五‐一二一一
印刷所　TOPPAN
製本所　大口製本
組版　萩原印刷

ISBN978-4-16-391854-9